COLLECTION FOLIO

Tommaso Melilli

L'écume des pâtes

À la recherche
de la vraie cuisine italienne

Traduit de l'italien
par Vincent Raynaud

Gallimard

Titre original :
I CONTI CON L'OSTE
RITORNO AL PAESE DELLE TOVAGLIE A QUADRETTI

Tommaso Melilli est né à Crémone, en Lombardie. À dix-huit ans, il s'installe à Paris pour étudier la littérature et la philosophie contemporaine. Trois ans plus tard, il commence à travailler dans des restaurants de l'Est parisien. Il est chroniqueur pour *Slate* et pour *La Repubblica*. En 2018, il publie un essai en français, *Spaghetti Wars* (Éditions Nouriturfu). *L'écume des pâtes* est son premier livre écrit dans sa langue maternelle.

À Luisa, et en mémoire d'Alfredo

Je pourrais vous dire que je suis revenue
Car j'avais des promesses à tenir,
Mais peut-être est-ce parce que personne
Ne m'a demandé de rester

Joan DIDION[1]

Le tavernier est bien pire qu'un ennemi :
Aime ton ennemi, le Christ a dit,
Aime le tavernier, ça personne ne l'a jamais dit.

Proverbe toscan

1. *Slouching Towards Bethlehem*, New York, Farrar, Straus & Giroux, 1968.

La ligue des champignons

C'est le jour le plus important de l'année pour les cuisiniers et les sommeliers qui travaillent à Paris, et donc pour moi. Il ne s'agit pas de la parution d'un guide gastronomique ou de l'article d'un mystérieux critique faisant autorité, et pas davantage d'une cérémonie qui décernera une importante récompense. Ce n'est pas le jour où apparaîtront les premières truffes, le premier thon rouge ou les premières asperges. Et pas celui des vacances non plus, car quand les vacances arrivent, nous sommes si fatigués et nous passons ces trois semaines dans un tel état de transe alcoolique que, souvent, nous ne les voyons pas passer.

L'événement que nous, les gens de la restauration parisienne, attendons avec le plus d'appréhension et de désir a lieu début juillet, à la périphérie de Paris, sur une vaste étendue d'herbe qu'il serait même généreux de qualifier de pelée. Au bord de ce champ de patates, on a installé un barbecue sur lequel on fait cuire de gros poissons entiers, pêchés à la ligne dans de petits bateaux, les mêmes poissons que nous, cuisinières et cuisiniers, serveuses et serveurs, présentons chaque jour à nos clients. À côté du barbecue, on reconnaît des *mozzarelle* tressées et des saucissons, un stand qui ne sert que des gin tonics ; les brasseurs de bière artisanale sont venus avec une cargaison de glace pour garder les bières au frais. Ce sont toutes des choses très chères, mais aujourd'hui, pour nous, c'est gratuit.

Il n'y a pas de journalistes, pas de *foodbloggers*, pas d'influenceurs ou autres personnages de ce genre. En dehors de ceux et celles qui sont directement concernés, personne n'est au courant de cet événement et ne sait où il se déroule. Si vous devez demander, jamais vous ne saurez. Si vous savez, il suffit de demander.

Les Français ont tendance à traduire, adapter et remplacer dans leur langue tous les mots étrangers ou presque : *computer* se dit *ordinateur*, dans les documents officiels on ne devrait pas parler d'*e-mail* mais de *courriel ;* et, dans le même esprit, en jouant avec le mot *pourri*, le mot *spam* doit être remplacé par *pourriel* – qui n'a jamais pris. En football, la Champions League s'appelle la Ligue des Champions. C'est pourquoi la manifestation à laquelle nous participons aujourd'hui est la *Ligue des Champignons*, le tournoi des cuisiniers parisiens.

Voilà comment ça se passe : on dénombre une

vingtaine d'équipes, chacune d'elles représente un restaurant prestigieux ou, pour certaines, un fournisseur. Par exemple, un Calabrais qui a eu la brillante idée, il y a quelques années, d'importer à Paris de la *burrata* et de la vraie mozzarella de bufflonne a monté son équipe ; il y a le Kalamata Football Club, dirigé par un homme qui vend de l'huile et des olives gigantesques récoltées dans la ville grecque du même nom et qui, cette année, a fait venir un ancien professionnel du Panathinaïkos – tout le monde lui lance des regards soupçonneux car, dans ces conditions, ce n'est pas du jeu. L'équipe des restaurants d'Yves Camdeborde est présente – le chef qui a révolutionné la cuisine française il y a vingt ans en choisissant de faire de la grande cuisine dans des bistrots, car il en avait assez de ne cuisiner que pour les riches : ici, il se comporte un peu comme un oncle d'Amérique. Il a fait venir presque tous ses employés, a installé un kiosque et des tables, se réapprovisionne régulièrement en saucisson et en fromage, et se verse à boire directement d'une dame-jeanne, en faisant des blagues auxquelles tout le monde rit mais que personne ne comprend. À la fin de chaque match, Camdeborde entre sur le terrain deux minutes, on le laisse à peine toucher le ballon, comme les anciens champions lors des jubilés.

Les brigades des grands restaurants étoilés ne participent que rarement et, quand elles le font, c'est en ordre dispersé car, on le sait, le football est un jeu et les étoilés sont trop souvent des restaurants tristes.

Et puis il y a nous : les cuisiniers italiens qui ont émigré à Paris.

On trouve des centaines de restaurants italiens à Paris, tellement que l'on pourrait former plusieurs équipes, et beaucoup d'entre nous joueraient alors dans l'équipe de l'établissement où ils travaillent. Mais ce n'est pas le cas. Nous sommes tous ensemble et portons les mêmes tenues bleues, avec l'écusson tricolore et les quatre étoiles correspondant aux Coupes du monde que l'Italie a remportées. Ce sont de vieilles tenues. Elles ont l'élégance des choses qui ont connu des jours de gloire.

Il y a longtemps, les Français ont inventé une sorte de terminologie dérogatoire pour qualifier les habitants originaires des pays voisins. Comme souvent dans le cas des insultes xénophobes, elles reposent sur la première différence qu'on identifie chez l'autre, les plats typiques, les traits de langage, la couleur de la peau, etc. Pour des raisons évidentes, un Anglais était donc un *rosbif*, un Portugais un *tos* (à cause de Portos, le mousquetaire, mais aussi du célèbre vin) ; les Belges étaient les seuls à être simplement des Belges car, du point de vue français, *belge* était déjà une insulte. Les Corses, par exemple, étaient *les Italien*s. Et comme les Italiens, les vrais, ont toujours d'énormes difficultés à prononcer le *r* correctement lorsqu'ils parlent français, on les appelle « les Ritals », en insistant sur la première lettre.

Si vous parlez français, je vous déconseille vivement d'utiliser l'un de ces noms pour définir quelqu'un, si ce n'est vous-même. Naturellement, sur nos uniformes, au-dessus de l'écusson aux couleurs du drapeau italien, on peut lire : RITALIA.

En réalité, on m'a donné un vieux maillot de la Lazio, « celui du Scudetto », lui aussi bleu, car il ne restait plus de tenues officielles.

Je connais plus ou moins la moitié des personnes présentes et presque tous les Italiens. Je suis entouré de gens qui, depuis quelques années, ont réussi sans le savoir à me faire sentir partie prenante de quelque chose. J'ai travaillé avec la moitié des Italiens, et avec deux ou trois j'ai failli me battre. Ou, plus précisément, il me semble avoir eu une altercation assez vive avec un sommelier frioulan qui joue pour nous, mais j'ai ensuite compris que ce n'était pas lui, et nous sommes même devenus des amis très proches.

Chacun de nous joue au football avec la même attitude et le même style que lorsqu'il travaille. Les serveurs se faufilent sans se faire voir parmi les adversaires. Les cuisiniers les plus jeunes et les plus arrogants, qui ont moins d'expérience et beaucoup d'idées audacieuses, jouent d'une manière peu physique, plutôt molle, et ne passent jamais le ballon – mais ils réussissent parfois des gestes techniques extraordinaires.

Ceux qui sont propriétaires de leur restaurant sont les plus fiables et les plus durs au mal. Ils savent que les arabesques et les froufrous sont beaucoup moins utiles que la fatigue et la sueur, alors ils préfèrent ces dernières. À ma grande surprise, on compte aussi plusieurs femmes. Certaines participent, d'autres se moquent de nous depuis le banc de touche et je ne vois pas comment le leur reprocher.

Nous jetterons un voile pudique sur les caractéristiques techniques de mon jeu.

Cette année, le bilan à la mi-journée est le suivant : deux équipes ne se sont pas présentées, car leurs joueurs avaient trop bu la veille au soir ; l'ancien professionnel du Panathinaïkos s'est blessé au genou après seulement vingt minutes, pour la plus grande *Schadenfreude* du reste d'entre nous. Mes copines qui ont une équipe de roller derby et que je harcelais depuis des semaines pour qu'elles participent ont battu les représentants d'une *steakhouse* de luxe, non sans avoir souligné la supériorité du roller sur le foot.

Nous, les gars de la Ritalia, avons éliminé l'équipe de Camdeborde grâce à un but spectaculaire, puis nous avons porté la poisse avec succès aux gars des *mozzarelle*, éliminés eux aussi, et nous avons atteint les demi-finales en remportant tous nos matchs sur le score d'un à zéro, après avoir appliqué de manière plutôt inconsciente la bonne vieille stratégie consistant à faire une chose intelligente le plus tôt possible, avant de passer le reste du match à empêcher l'adversaire de réussir quoi que ce soit.

De mon côté, j'ai apporté une contribution technique et physique plutôt modeste, je me suis froissé un muscle dont j'ai oublié le nom en essayant de tirer un corner et je me suis réfugié sur le banc de touche avec les remplaçants.

Notre vétéran s'appelle Giovanni Passerini. C'est le meilleur chef italien de Paris et l'un des plus célèbres de la ville. C'est lui qui, toute l'année, conserve les tenues, et c'est aussi lui qui m'a fourni le maillot de la Lazio. Il a joué tous les matchs jusqu'à présent et il est ici en tant que président de notre fédération imaginaire.

Il a eu au moins trois vies, dont deux comme cuisinier, et dans ces deux vies il a connu tout le succès qu'il pouvait espérer. Il fait partie de ces très rares personnes qui, lorsqu'on les entend parler, même de loin, donnent l'impression de dire des choses intéressantes dont on ne voudrait pas perdre une miette. Il a une voix un peu plate et un élégant accent romain, il gesticule : il incarne tout ce que les Français attendent d'un prestigieux chef italien.

Même si dix années ont passé, on parle encore de la manière dont Passerini cuisinait le pigeon dans son premier restaurant parisien, pratiquement cru mais avec la peau très croquante : ce qui provoquait l'extase chez quelques amateurs éclairés mais qui, dans la plupart des cas, irritait et contrariait terriblement les clients, qui demandaient à le faire cuire de nouveau, en gémissant ou en jurant de se venger, selon les personnes. De l'autre côté du comptoir, Giovanni se mettait encore plus en colère, car selon lui le pigeon était bon comme ça et, quand on venait dîner chez lui, c'était pour manger les choses comme il les voulait. Désormais, on le voit rarement en société, il a deux enfants en bas âge et, surtout, n'a plus besoin de se montrer pour qu'on parle de lui. Et le plus probable, c'est qu'il ne s'en est jamais soucié.

« Les gars, je sais qu'on a tous envie de jouer, mais c'est un match difficile, on doit laisser la place aux plus forts », explique-t-il à un moment donné, en agitant les bras de cette façon nerveuse que je n'avais pas vue depuis les matchs de mon petit frère.

Je regarde Giovanni avec perplexité et une pointe de culpabilité, car au fond j'étais bien, assis par terre à encourager les autres avec enthousiasme. À vrai dire, j'allais proposer d'aller chercher des bières pour tout le monde, mais je me rends compte qu'il vaut peut-être mieux que je me taise.

En demi-finale, nous perdons lamentablement contre un bistrot un peu passé de mode, mais dont l'équipe s'entraîne à l'évidence toute l'année. Nous buvons donc notre bière assis en cercle, sans regarder la finale, en parlant de notre mal de dos, puis nous nous regardons les yeux dans les yeux avec l'autre équipe qui, comme nous, a perdu en demi-finale, et nous nous accordons rapidement sur le fait que nous sommes tous arrivés troisièmes, si bien que nous ne disputons pas le match pour nous départager. Puis la séance est levée et, dans le même temps, l'adrénaline qui nous avait fait tenir debout jusqu'à ce moment reflue enfin. Nous sommes dimanche soir, il est 19 heures et beaucoup d'entre nous travaillent le lendemain, tout le monde commence à s'en aller.

De mon côté, je me sens un peu triste, car j'ai beaucoup aimé cette journée et je voudrais qu'elle se poursuive d'une manière ou d'une autre. Je reste là et discute pendant cinq minutes avec le Grec de ses olives gigantesques, et quand je lève enfin les yeux, je constate que mes camarades sont tous partis. À mon tour, je me mets en route et, alors que je quitte le terrain, les gars des poissons me demandent si je veux prendre une caisse de harengs ou la moitié d'un thon, car ils n'ont pas envie d'aller chercher le camion pour les transporter. J'accepte quelques maquereaux pour le dîner et je rentre chez moi.

Des choses à résoudre

Les personnes qui vivent depuis longtemps loin de l'endroit où elles sont nées ont au moins ceci en commun : lorsqu'on leur pose la question, elles ne se rappellent jamais quand elles sont parties.

Souvent, pour les autres, qui sont restés, cet oubli est incompréhensible : comment est-il possible qu'un événement aussi important s'estompe dans la mémoire ?

Je suis à peu près sûr d'être parti pendant la longue agonie du dernier gouvernement présidé par Silvio Berlusconi. Quant à ce qu'il y avait avant lui, je n'en ai aucun souvenir, car il a gagné les élections pour la première fois quand j'avais quatre ans.

Jusqu'alors, j'avais toujours vécu là où je suis né, dans une petite ville de la vallée du Pô dont le nom appelle aux rimes graveleuses. Quand j'essaie d'expliquer ce qu'a été mon enfance à des amis qui ont grandi dans des métropoles, je souligne d'ordinaire que, là-bas, j'étais le seul enfant de mon âge. À un moment donné, une rumeur avait couru : il y en aurait eu un autre, né la même année, mais fréquentant une école différente et vivant au bout d'un chemin de terre dans une maison cachée par de nombreux arbres. J'ignore si c'était vrai, car je n'ai jamais eu l'audace d'y croire : je soupçonnais cette histoire d'être le fruit de mon imagination et d'un espoir qu'il valait mieux ne pas mettre à l'épreuve, pour ne pas le décevoir.

Au fil des ans, j'ai eu droit à une bicyclette, puis un scooter, mais les petites villes alentour et les plus grandes au-delà me faisaient déjà l'impression d'une version à peine plus satisfaisante de cette prison composée de champs de *melegot* – le maïs – dans laquelle je m'étais toujours senti enfermé. Plus je grandissais, plus il me paraissait évident que là-bas, pour moi, il n'y avait pas de là-bas.

Dès que j'ai eu dix-huit ans, l'âge légal pour le faire, je suis parti m'installer à Paris, où je suis arrivé en imaginant que j'allais faire toutes les choses que font, habituellement, les jeunes qui s'installent à Paris : lire beaucoup de livres compliqués, rencontrer d'autres personnes qui lisent des livres compliqués et passer le reste de la nuit assis à une table de bistrot à parler avec elles ; ne pas gagner un sou ou presque et, au passage, sauver le monde.

Les choses ne se sont pas déroulées exactement comme je l'avais prévu : j'ai bel et bien fait des études de lettres et d'autres disciplines avoisinantes pendant quelques années, dans une université de banlieue où j'ai beaucoup appris, mais où je n'ai pas rencontré les personnes que je cherchais désespérément. J'ai découvert que les bistrots ferment en début de soirée, que le vin coûte cher et que les gens sont de moins en moins disposés à se lier d'amitié avec des inconnus – et donc avec moi.

Mais j'ai fini par trouver des personnes qui me correspondaient, justement dans les bistrots. Il m'a fallu un certain temps pour le comprendre, car elles n'étaient pas assises aux tables : elles étaient derrière le comptoir et en cuisine. Puis, du jour au lendemain, je suis devenu cuisinier.

J'avais été élevé dans les grands espaces, dans une maison aux murs épais, avec un jardin, un potager et des arbres fruitiers, et je me suis habitué aux espaces étroits, à l'air étouffant, aux transports publics épuisants, aux légumes insipides et hors de prix. Mais c'était ce que je voulais : disputer enfin la partie au sein de mon équipe.

Paris a la forme d'une coquille d'escargot. Les arrondissements sont disposés en spirale : le Ier arrondissement est au centre et accueillait autrefois l'un des plus grands marchés d'Europe, où on pouvait manger de la soupe à l'oignon jusqu'à 4 heures du matin. Les dix-neuf autres s'enroulent sur eux-mêmes jusqu'au XXe, dont le cœur est une colline située derrière le cimetière du Père-Lachaise ; c'est un coin où les touristes ne vont pratiquement jamais, mais qu'à la lumière de mes dix ans d'expérience, je considère comme le meilleur endroit où vivre.

De fait, c'est là que j'habite, rue Stendhal. Même si je n'aime pas employer ce mot, je suis le chef d'un petit bistrot qui se trouve à quelques centaines de mètres de chez moi. Pour la première fois depuis toutes ces années, je travaille avec des collègues qui aiment leur métier et ne me détestent pas, j'ai un employeur qui n'a pas de délire de persécution, ni de tendances criminelles ou toxicomanes et, surtout, je peux cuisiner ce que je veux.

Il y a deux ans, j'ai eu envie d'écrire dans ma langue d'adoption, le français, et j'ai essayé de le faire pour parler de la seule chose que j'aie l'impression de connaître suffisamment bien : la cuisine. Une autre chose que j'ai l'impression de connaître, à force d'être tous les jours dans les coulisses et derrière les fourneaux, ce sont les personnes qui cuisinent et celles qui mangent, *lorsqu'*elles cuisinent et *lorsqu'*elles mangent. Et je suis persuadé que c'est un sujet encore plus intéressant que les risottos et les steaks.

Le moyen le plus simple que j'ai trouvé pour parler de ces questions fut de me présenter comme le jeune chef italien qui explique aux Français qu'ils ne comprennent rien à la vraie cuisine italienne. J'avais des choses à leur raconter, un large répertoire d'anecdotes tirées de mon expérience professionnelle, et ça a marché.

Tout cela pour dire que je ne me suis jamais senti aussi épanoui qu'aujourd'hui. J'ai donc décidé de quitter le petit bistrot où je travaille, à quelques pas du Père-Lachaise, et de rentrer en Italie.

Je sens que je suis un cuisinier ou plutôt un hôte, un tavernier : je *vends* chaque jour une image de type bourru, généreux et expéditif que, parfois, les clients veulent bien acheter. Mais cette image et ce personnage que j'interprète quand je travaille sont une pure construction : je les ai forgés à partir d'une poignée de souvenirs plus ou moins lointains et, surtout, d'une bonne dose de clichés dont j'ai longtemps souffert et que j'ai utilisés par la suite. D'abord parce que résister à ces clichés devenait trop fatigant, et ensuite, peut-être, parce que je suis un peu comme ça. Chaque jour, j'interprète mon rôle de tavernier – c'est ainsi que je m'imagine –, mais je n'ai jamais travaillé dans une *osteria* ou une *trattoria* en Italie. J'ai passé toute ma vie d'adulte ici, à Paris, et toute ma vie de non-adulte là où je suis né. Et le pays où je suis né est un lieu qu'au fond je ne connais pas. Je me le répète tous les jours, chaque fois de manière différente : c'est un lieu exotique et imaginaire, mais aussi ce village où les légumes ont du goût et ne coûtent rien ; il m'arrive de me le représenter comme un puits d'où j'ai pu remonter et où je pourrais retomber d'un moment à l'autre ; ou bien j'imagine une sorte de paradis dans lequel tout serait plus simple et plus immédiat, où les autres m'apprécieraient sans que j'aie besoin de jouer le type qui sait cuire les pâtes. J'essaie d'imaginer à quel point l'Italie a pu changer depuis que je suis parti et je n'y parviens pas.

Désormais, j'en ai assez d'imaginer.

Quand je suis arrivé à Paris, j'avais même peur de mon ombre et je n'aurais jamais eu le courage de frapper à la porte des personnes que j'admirais le plus pour leur demander de m'enseigner quelque chose, et je me retrouvais souvent chez des gens que j'admirais moins. À l'inverse, aujourd'hui j'ai l'impression d'avoir peur surtout de mon ombre, et donc frapper à la porte des personnes que j'admire est peut-être ce qu'il y a de plus judicieux à faire.

Je ne suis pas journaliste ni critique gastronomique, avec tout le respect que j'ai pour les journalistes et les critiques gastronomiques : je n'arrive pas à me gratter la tête en réfléchissant à ce que je mange et à ce que je bois. De plus, je ne pense pas avoir un palais particulièrement fin. Mais je sais écouter mon instinct : je sais quand un steak va être trop cuit et quand un autre n'est plus bon. Je peux dire avec une certaine précision si les pâtes manquent de sel sans avoir à les goûter, rien qu'en humant la vapeur d'eau (si elle est douceâtre, comme du beurre bon marché ou de la margarine, les pâtes manquent de sel : maintenant, vous le savez, vous aussi). Car la cuisine est un langage à part : je connais de nombreux cuisiniers et cuisinières qui savent faire des choses extraordinaires mais qui, si vous le leur demandez, sont incapables d'expliquer comment.

Beaucoup de livres aident à bien faire la cuisine. Mais il me semble plus difficile d'en trouver qui racontent comment les choses fonctionnent vraiment dans les restaurants que nous aimons : surtout, il est difficile de trouver quelqu'un qui vous dise comment naît cette alchimie, ce miracle qui fait qu'on est bien quand on va dîner quelque part, puis qu'on rentre à la maison un peu plus heureux qu'on n'en est sorti.

La seule façon que je connaisse de regarder le monde est la cuisine, et la seule façon que je connaisse de comprendre la cuisine est de la faire : ce même instinct que j'ai appris à utiliser pour cuisiner me dit à présent que je dois aller le faire en Italie.

À vingt ans, je suis parti sans trop penser aux conséquences ; en faisant, comme on dit, des plans sur la comète. Chacun de nous sait qu'il y a deux ou trois choses dans sa vie auxquelles il devra un jour ou l'autre se confronter, et s'il ne le sait pas, il finira généralement par le découvrir, au bon ou au mauvais moment. Je ne sais pas si c'est le bon moment pour moi, mais je sais que j'ai des choses à régler avec la culture des *trattorie* et des *osterie*, et avec ceux qui la font ; j'ai déjà l'impression que, en partant à la recherche de l'écume des pâtes, il faudra aussi régler des comptes avec le pays où j'ai grandi, et celui qu'il est en train de devenir.

Enfant, je m'endormais devant la télévision qui montrait le Giro d'Italia, et ça me semblait très étrange que la première étape se déroule toujours à l'étranger. Aujourd'hui, ça me semble moins étrange : ma première étape ne peut être que le président de l'équipe de cuisiniers italiens, ici, à Paris.

Être précis et lâcher prise

Giovanni Passerini est né et a grandi à Rome, entre les quartiers de Prati et de Monte Mario, dans une famille qui, d'après ce que j'ai cru comprendre, pourrait très bien être la mienne : cette petite bourgeoisie cultivée où on fait tout pour que les enfants aient dans la vie ce que les parents n'ont pas eu. Il voulait faire des études de médecine mais s'inscrit finalement en faculté d'économie, car il s'est découvert un peu hypocondriaque. Il passe sa dernière année d'université à Madrid et c'est là que quelque chose naît : c'est un étudiant attardé de vingt-cinq ans, qui sort souvent le soir et découvre à Madrid la cuisine de rue, sauvage et populaire comme celle de Rome, mais aussi, contrairement à cette dernière, jeune et dynamique.

Là, Giovanni commence à humer la grande cuisine espagnole qui, à cette période, est en train de conquérir le monde. Mais surtout, il rencontre Justine. Elle deviendra sa femme et jouera un rôle essentiel dans la suite de son histoire. Une fois ses études terminées, il rentre à Rome et se prépare à la conversation que presque tous les cuisiniers de ma génération ont eue avec leurs parents, qui espéraient souvent que nous obtiendrions un doctorat ou que nous travaillerions dans un bureau : « Papa, je veux devenir cuisinier. »

Dès lors, débute une histoire d'improvisation et d'opportunités saisies au bon moment qui le mènera en Allemagne, en Espagne, puis de nouveau à Rome, où il dirige pour la première fois la cuisine d'un restaurant, Uno e Bino. Nous sommes dans le quartier de San Lorenzo qui, à cette époque, est une oasis éphémère de la nouvelle cuisine : c'est là que Giovanni commence à attirer l'attention de certains critiques gastronomiques. Cette oasis de petits restaurants fragiles disparaîtra rapidement, comme bon nombre de choses intéressantes qui se passent à Rome. Entre-temps, Giovanni se lasse définitivement de l'Italie, il s'installe à Paris et travaille pendant quelque temps en cuisine avec Alain Passard, le chef qui a formé de nombreux jeunes cuisiniers français de premier plan.

Un an après son arrivée à Paris, il ouvre son premier restaurant, dans le quartier situé entre la place de la Bastille et la gare de Lyon. On dit qu'historiquement ce quartier de Paris était une sorte de Little Italy, car les trains en provenance d'Italie arrivaient et arrivent encore dans cette gare. Giovanni n'a pas beaucoup d'argent, et le restaurant qu'il réussit à monter se résume à une pièce avec cinq tables et une cuisine de moins de trois mètres de large à la place du comptoir.

Nous sommes en 2010 et Giovanni n'est pas le seul à faire ce genre de choses, dans ce quartier et ceux alentour. À Paris, au début des années 2000, d'autres jeunes cuisiniers et cuisinières très prometteurs ont quitté les grands restaurants où ils ont appris tout ce qu'ils savent. Dans les faits, ils ne sont pas nombreux, mais dans le milieu on dit que ce sont les meilleurs. Tous étaient destinés à prendre la succession de leur maître dans quelques années et à devenir les amiraux gastronomiques d'une flotte de restaurants étoilés, d'hôtels de luxe et de pâtisseries haut de gamme. Plusieurs d'entre eux sont en cuisine depuis plus de dix ans et n'en ont pas encore trente : ils ont travaillé comme des forçats, de cinquante à soixante heures par semaine, toujours sous-payés mais avec la promesse d'un avenir radieux qui, à ce stade, est à portée de main. Un avenir fait de salaires mensuels à cinq chiffres et de Légion d'honneur remise par le président de la République. Mais ils préféreraient ne pas.

Ils quittent la rive gauche et les riches quartiers résidentiels, où ils travaillent mais dans lesquels ils n'ont pas les moyens de vivre. En empruntant un peu d'argent, ils ouvrent une poignée de petits restaurants-garages, avec des chaises toutes différentes, des cuisines minuscules et sous-équipées. Ils les ouvrent dans les quartiers où les loyers sont moins élevés, c'est-à-dire les Xe et XIe arrondissements : des zones multiethniques, « dangereuses », parfois malodorantes et, à l'époque, plutôt prolétaires. Celles où ils vivent eux-mêmes. C'est durant ces années que les étudiants et les jeunes artistes, les intellectuels et les « créatifs » ont commencé à s'installer dans ces quartiers. Puis ils ont vieilli et prospéré, si bien que ces coins sont parfois devenus plus chers et plus convoités que le Paris des vieux films.

Quoi qu'il en soit, ces petits restaurants-garages proposent des menus pour quelques dizaines d'euros. La carte change tous les jours suivant les produits du marché et, au lieu d'être gravée sur des pochettes en cuir dentelé, elle est rédigée à la main et photocopiée. Ces jeunes chefs aussi arrogants qu'audacieux prétendent que la cuisine qu'ils font n'a rien à envier à celle des grands établissements dont ils sont issus, mais il n'y a pas de serviettes en soie, pas d'uniformes, pas de couverts en argent et pas de voiturier. Retirons tout ce qui n'est pas nécessaire, puis faisons de la grande cuisine avec des serviettes en papier et des prix les plus bas possible : ainsi débute la dernière révolution de la restauration européenne, qui prendra très vite le nom de bistronomie. Grande cuisine de bistrot.

Le bistrot de Passerini s'appelle Rino et, quand j'y ai mangé pour la première fois, il ouvrait tout juste. J'avais vingt ans, c'était mon premier « bon » restaurant et je venais d'arriver à Paris.

Je n'ai jamais goûté son pigeon presque cru à la peau croquante, et ce n'est pas lui qui m'a raconté cette histoire : ce sont les jeunes serveurs italiens qui travaillaient pour lui et qui avaient pour mission de se disputer avec les clients, car personne n'arrivait à convaincre Giovanni de faire cuire un peu plus ce satané pigeon.

« Quand on compose un menu avec quelques plats, on doit faire en sorte de ne pas se répéter : s'il y a de la tomate ici, il ne doit pas y en avoir ailleurs. Mais ça ne vaut pas que pour les ingrédients, ça vaut aussi pour les techniques de cuisson : s'il y a une chose frite, ce sera la *seule* que je ferai frire ce soir-là. Une seule chose bouillie, une seule braisée, etc. Le fait est qu'on a tous nos tics, nos techniques et nos ingrédients préférés, dans l'absolu ou durant une certaine phase. Sans parler des modes et des vieilles habitudes : si on ne fait pas attention, on se retrouve avec des tomates cerises dans tous les plats ou, pire, on se réveille un matin et, sans s'en rendre compte, on est devenu une friterie. Surtout, c'est en se forçant à travailler comme ça qu'on invente de nouvelles choses. »

En repensant à ces mots, je comprends non seulement que les bons menus, mais aussi les histoires que je préfère, sont faits ainsi : une chose frite, une marinade, une chose bouillie, quelques souvenirs, un peu de colère, pas trop de nostalgie – mais un peu quand même –, quelque chose de piquant, pas trop de regrets, je veux de l'aventure, mais je veux aussi de l'amour.

La seule fois où j'avais parlé à Giovanni après avoir dîné au restaurant, c'est parce qu'il y avait du chou noir dans un plat : à l'époque, trouver du chou noir à Paris était plus difficile que dénicher un café buvable, je lui ai donc demandé d'où il venait. « Tu sais où on en cultive ? En Île-de-France, à quarante kilomètres d'ici. Les gars à qui j'achète mes légumes sont du genre curieux et, l'année dernière, je leur ai apporté des graines en disant : essayez de les faire pousser. Si ça marche, je prends tout. »

Dix ans ont passé. À Paris, le chou noir coûte sept euros le kilo et, en plein hiver, on le présente sous son nom italien et en italiques, *cavolo nero*, dans tous les restaurants qui comptent. De mon côté, j'ai compris que si, là où on travaille, il manque un ingrédient dont on a besoin, il y a toujours un moyen de le faire exister.

Bref, durant ces années, Giovanni a été pour moi une sorte de modèle, mais naturellement il ne le sait pas. D'ailleurs, alors que je faisais mes classes dans mes premiers restaurants, il avait décidé de fermer le sien : il avait remporté une série de prix, Rino était tout le temps plein, mais il ne supportait plus les espaces exigus. La rumeur prétendait qu'il cherchait un endroit plus grand, mais les années ont passé et cet endroit ne venait pas. Pendant ce temps, j'étais devenu sous-chef d'un petit restaurant dans une rue parallèle à celle où se trouvait Rino, je m'ennuyais un peu et je me demandais avec plus d'inquiétude qu'à l'ordinaire si et quand je deviendrais chef.

Jusqu'à ce que les deux choses se produisent, plus ou moins en même temps, autour du printemps 2016. Mais aucune ne s'est passée comme je l'avais imaginé : je suis bel et bien devenu chef dans le restaurant où j'avais travaillé jusqu'alors, et ç'a été une catastrophe. Le nouveau restaurant de Giovanni Passerini, lui, n'est ni un restaurant ni un bistrot, mais une trattoria. Le pigeon presque cru a disparu, mais il y a des croquettes de riz et les tripes à la romaine. Il n'y a plus de fleurs dans les assiettes, mais on trouve des *caserecce* avec de la tête de veau à la *genovese*. Et il n'y a plus de menu dégustation unique et obligatoire, sorte de fétiche pour tous les chefs parisiens de sa génération. Dans son nouveau restaurant, qui s'appelle simplement Passerini, on commande à la carte et on se retrouve face à cette chose étrange : les plats principaux ne sont pas des plats, ce sont des animaux entiers. Un canard, un pigeon, un homard, un turbot d'un kilo. Ils sont cuits sur le gril et les convives se le partagent à table. Ce n'est pas tout : certains morceaux de l'animal que vous avez choisi vont former un autre plat, servi en attendant la suite. Ainsi, les abats des canards et des pigeons peuvent former la sauce d'une bruschetta ou assaisonner des pâtes, les pinces et le corail du homard se transforment en plat de spaghettis.

Le nouveau restaurant de Passerini est grand et spacieux, il remporte de nouveau tous les prix possibles. Même si nous avons joué au football ensemble il y a quelques mois, je passe plusieurs après-midi à me creuser la cervelle pour trouver la meilleure façon de lui écrire un message et de lui demander si, dans les jours suivants, je peux passer quelques minutes pour lui parler de quelque chose qui me tient à cœur.

« Je peux venir travailler avec vous, même un seul jour ? »

Il prépare une sauce à la viande d'agneau et n'a pas entendu.

« Bien. Du nord au sud de l'Italie, il existe trois façons de préparer une sauce à la viande pour les pâtes. La première est de le faire avec de la viande hachée, c'est parfait car ça se mélange bien et ça lie bien les pâtes quand il faut les faire sauter à la poêle. Le problème, c'est qu'avec la viande hachée, la sauce a toujours le goût de bolognaise, quelle que soit la viande qu'on prend, ça banalise le goût. L'autre façon est de le faire avec de la viande effilochée très cuite, ce qui donne beaucoup de saveur et absorbe le liquide : quand on sauce, c'est délicieux, et surtout, on n'a pas cette flaque d'huile rougeâtre un peu dégoûtante au fond de l'assiette. La troisième est de le faire avec des morceaux de viande sautés à la poêle puis braisés dans la sauce, d'où un plaisir supplémentaire, car on ne mange pas seulement des pâtes qui ont un goût de viande, mais aussi de *vrais morceaux de viande*. Alors, laquelle des trois est la meilleure ?

Aucune : le mieux, c'est de faire les trois en même temps.

— … ?

— Et dans tous les cas, bien sûr, pas de problème. Viens quand tu veux. D'ailleurs, il nous manque quelqu'un mardi, ça nous rendra vraiment service.

— Veste blanche, sabots et pantalon noir ?

— Oui. Le tablier, on te le fournit. Et, disons… propre, la veste… »

La première chose que je fais quand j'entre dans une cuisine que je ne connais pas est de regarder autour de moi : il est essentiel que je sache le plus tôt possible où se trouvent les ustensiles, pour éviter de passer la journée à demander où est ceci et où est cela. Ensuite, j'essaie de comprendre où sont les coins, les passages étroits et les portillons que pourraient heurter mes tibias et mes genoux quand tout se met à aller plus vite. Mais aujourd'hui, je ne suis pas ici que pour travailler : je suis ici pour comprendre et observer de l'intérieur.

Tandis que « j'observe de l'intérieur », Stefano, le sous-chef, arrive et me demande d'aller chercher les artichauts puis de les nettoyer.

« Tu sais les nettoyer ?

— Euh, je crois, oui…

— Tu sais les nettoyer *comme il faut* ?

— Je vais te montrer. »

Je dois nettoyer deux types d'artichauts

différents : les petits, qu'on fera à la romaine pour accompagner quelque chose, je n'ai pas encore compris quoi, et les autres, les grands, qui servent à préparer une nouvelle garniture que Giovanni veut essayer aujourd'hui.

Pendant que je nettoie les artichauts, je poursuis ma réflexion intérieure et continue de regarder autour de moi. C'était à prévoir : une épine d'artichaut se glisse sous un ongle et y restera, bien au chaud, pendant une dizaine de jours.

À mon avis, toute cuisine professionnelle a un centre de gravité permanent, une zone où les énergies, les idées et les gestes sont plus concentrés et plus denses qu'ailleurs. Dans celle-ci, ce centre est la partie qu'on voit quand on ouvre la porte, l'endroit où on cuit les viandes pendant le service, à la plancha ou sur le gril. Mais il y a la même énergie en l'absence des clients, c'est-à-dire le matin et l'après-midi, lorsqu'on prépare les fonds de sauce. Le jus de viande est l'une des choses qui ont fait la réputation de la cuisine française dans le monde. Ce serait trop long d'expliquer comment on le prépare, mais en gros : on prend les os et les restes d'un animal, on les fait rôtir au four, puis on ajoute du vin, du beurre et des légumes pour parfumer, on retire l'excès de graisse et on recommence, on retire de nouveau la graisse et on met le tout dans une grande casserole. On ajoute beaucoup de bouillon (obtenu en faisant bouillir d'autres restes du même animal) et on le fait réduire très lentement pendant un nombre d'heures non spécifié, jusqu'à obtenir un jus épais et sombre qui sert généralement à arroser la viande que le client mangera. Quand c'est bien fait, c'est un délice, il y a de quoi perdre la tête.

Chez Passerini, les fonds de sauce sont naturellement faits maison. Tous. Et tous avec les os et les restes de l'animal correspondant. C'est le royaume d'Alessandro, le responsable des viandes, que j'ai rencontré quelques mois plus tôt. Tout en coupant les légumes pour les accompagnements, on nettoie le poisson, on prépare le pesto et les sauces pour les pâtes, et toute la brigade participe à une sorte de débat sans fin sur la manière, le lieu et le moment de préparer les fonds de sauce. Comme les postes de cuisson sont essentiels, il n'y en a jamais assez, dans *aucune* cuisine, or tout le monde a quelque chose à faire et à cuire. Et ces satanés fonds de sauce occupent les fourneaux jour et nuit, des casseroles de dix litres qui donneront un petit bol infiniment précieux. Un bol qui se vide trop vite : chaque fois que l'un de nous arrose un plat avec trop peu de jus, Giovanni se précipite, prend la casserole en cuivre et en rajoute.

Dans la Rome antique, on trouvait au supermarché des dieux une catégorie d'esprits dont, au lycée, je n'ai jamais compris la nature : on les appelait les lares. Ce sont des divinités domestiques, peut-être les ancêtres devenus des dieux, ou les gardiens de l'intégrité et des traditions familiales. Une chose est claire : les lares sont là, ils font partie de la maison, ils ne bougent pas et trouvent le moyen de chasser les enfants étranges, par la faute de qui la famille risquerait d'être dysfonctionnelle. Surtout, si on ne les respecte et ne les honore pas comme il convient, les lares deviennent méchants et le restent à jamais, lançant des malédictions sur les maisons, comme les gobelins : ils font tomber les objets, provoquent des disputes entre les habitants.

Le halo d'énergie que je perçois autour du jus de viande et de l'endroit où on le prépare est peut-être dû aux esprits d'on ne sait combien de restaurants français autrefois installés entre ces murs et trépassés depuis. Ils sont indisposés et agacés par les nouvelles présences, par trop de pâtes et tous ces risottos, et ils ne veulent pas partir d'ici. Ou peut-être se font-ils simplement à la nouvelle famille qui s'est installée dans la maison.

Entre-temps, Giovanni est arrivé, il veut goûter le nouvel accompagnement. À mon regard perdu dans le vide, il a sans doute compris que j'étais pris par d'autres pensées, alors il m'appelle et me demande d'aller chercher les artichauts que j'ai nettoyés tout à l'heure.

La nouvelle garniture que Giovanni veut goûter, ce sont des artichauts *cacio e ova*, qui accompagneront le carré d'agneau.

« Une spécialité des Abruzzes, c'est l'agneau *cacio e ova*. On fait cuire la viande en gros morceaux pendant quelques heures et, à la fin, on ajoute du pecorino et des œufs brouillés. Nous, on sert l'agneau saignant, je ne peux donc pas mettre des œufs dessus... Mais l'agneau va très bien avec les artichauts, c'est connu, alors je me suis dit que je pouvais tenter chose : respecter la viande et la servir en toute simplicité, mais retrouver cette idée de pecorino et d'œufs dans la garniture. » Il prend alors une petite poêle en fer et y fait sauter les artichauts coupés en morceaux, puis il ajoute un peu de vin et l'eau de cuisson des artichauts à la romaine (« Cette eau-là, je pourrais la boire »). Quand ils sont cuits mais encore croquants, il les saupoudre de pecorino romano et les remet sur le feu. Fort de mes connaissances techniques, je demande à mi-voix si on ne risque pas de faire brûler le fromage : « C'est vrai, mais tout le monde aime le pecorino un peu brûlé, non ? » Puis il verse une demi-cuillère de pesto d'orties et recouvre le tout d'une crème aux œufs battus qu'il a fouettée dans un siphon, comme de la crème chantilly. Alors là, oui, il déplace la casserole dans un coin moins chaud du fourneau et l'y laisse une minute ou deux.

Enfin, nous goûtons tous les deux : il y a des artichauts, frais et croquants quand on mastique, mais ils sont enveloppés dans ce truc crémeux et baveux, si bien qu'on ne peut pas les manger autrement qu'à la cuillère, et je me dis que je pourrais tout à fait me passer d'agneau et ne manger que ça.

« Après toutes ces années à cuisiner sans se

faire remarquer, je me suis rendu compte qu'il est essentiel de se laisser aller, de faire des choses que j'aime manger et un peu aussi ce que les autres veulent. Vous voulez que le pigeon soit un peu plus cuit ? Très bien. Ce que je veux dire, c'est qu'il faut de l'équilibre, de la précision, mais il faut aussi savoir *lâcher prise**[1]. »

Dix minutes avant le service, tandis que nous débarrassons la table où nous avons mangé tous ensemble, Giovanni se précipite à la cave et en remonte aussitôt en disant qu'il faut réimprimer le menu, car il a décidé d'ajouter un plat.

« Ale, est-ce qu'on a les deux selles de chevreuil qu'on avait mises de côté pour qu'elles se fassent un peu ? Et si on les préparait ce soir ? On va d'abord faire un risotto avec le jus de chevreuil et un peu de *radicchio*... Attends... Peut-être que... Oui, il reste deux truffes ! Risotto au jus de chevreuil : on met les filets légèrement poêlés, le *radicchio* et les truffes.

— Et ensuite, avec la selle de chevreuil au gril, on ajoutera un peu de truffe ? OK. Et en accompagnement, brocoli ou fenouil gratinés ? »

Sylvain, le sommelier, qui venait d'imprimer les menus, n'est pas très content, sans compter que les premiers clients vont arriver d'une minute à l'autre. Alessandro s'approche de moi et me dit qu'il faut à tout prix empêcher

1. Les mots en italique suivis d'un astérisque sont en français dans le texte. (*N.d.T.*)

Giovanni de faire du risotto : « Ne le lui répète pas, mais je ne suis pas trop d'accord avec sa façon de faire. »

Le service commence. Je demande où je dois me poster et quel est mon rôle. Giovanni me dit de rester près du passe avec Stefano, où les assiettes sont regroupées avant d'être servies à table. D'habitude, c'est l'endroit où se tient le chef : le passe-plat est le seuil que toutes les assiettes qui sortent de la cuisine doivent franchir et c'est généralement un grand plan de travail ouvert des deux côtés, c'est-à-dire vers la cuisine et vers la salle. C'est donc l'endroit qui permet de contrôler et de régler tout ce qui se passe en cuisine, de donner des ordres, de suivre le rythme et, dans le même temps, de communiquer avec la salle. C'est la tour de contrôle, le gouvernail de tout le restaurant. Giovanni n'y est presque jamais : il préfère cuisiner les viandes, gérer les temps de repos ou se promener entre les postes pour donner un coup de main aux plus occupés, voire se charger des assiettes et des opérations qui, ce jour-là, comptent le plus à ses yeux.

« Tu sais, on n'est pas doués pour la hiérarchie militaire, nous. Regarde Lucas, par exemple : il est danois, c'est notre stagiaire, il est arrivé il y a un mois. Il m'a expliqué qu'il voulait surtout apprendre à faire les pâtes. Je lui ai dit : vas-y, à partir d'aujourd'hui c'est toi, le responsable du riz et des pâtes, c'est toi qui fais tout. Ce soir, tu restes au passe et tu dresses les assiettes de pâtes. »

Ayant dit cela, il s'en va.

Il y a des pâtes aux fayots et aux crevettes rouges, avec un mélange de plusieurs sortes de pâtes, et on m'indique comment finir de les préparer. Je dois ajouter une huile extraite de têtes de crevettes, puis quelques morceaux de crevettes rouges crues. Stefano murmure entre ses dents : « Surtout, quand tu verses l'huile, ne fais pas de cercles ou de spirales. Sinon le chef va péter un câble et dire que ça fait années quatre-vingt-dix.

— OK, pas de cercles. »

Décidé à tenir parole, je fais de mon mieux pour ne pas dessiner de cercle sur les pâtes aux fayots, et je suis le rythme de la soirée. Les deux pièces de chevreuil au risotto partent très vite, une paire de pigeons aussi, chacun précédé d'une petite assiette de rigatonis accompagnés de sauce faite avec le cœur et le foie du pigeon. Pendant que les clients mangent leurs rigatonis, Giovanni et Alessandro font cuire le pigeon. Une des choses que je dois faire, moi, par exemple, est surveiller la table où on mange les rigatonis et leur signaler quand les clients ont fini. Le moment venu, Giovanni lève les filets du pigeon, les cuisses cuiront encore quelques minutes ; à ma gauche, Latif assaisonne la salade ; juste derrière moi, Yann fait apparaître un petit plat en fonte qui contient des fenouils et des oignons gratinés. Le plat passe devant moi, je le saisis avec un torchon et le pose sur une assiette afin qu'il soit transportable, et je me dis qu'il faut du courage, à une époque où tout le monde prend des photos de tout, pour envoyer une assiette qui n'est qu'une croûte couleur biscuit. Il y a une base molle et humide, et une croûte nullement uniforme, faite de chapelure grillée et brunie, qui sert à protéger l'hydratation de ce qui se trouve en dessous, justement : des traces de beurre et d'un peu de fromage, peut-être, qui sont maintenant mélangées et se confondent avec le reste. Mais surtout, les bords et les coins montrent tous les niveaux de carbonisation possibles et attendent seulement d'être grignotés par quelqu'un d'assez malin.

Tout se passe à peu près bien jusqu'à la dernière table, occupée par quatre jeunes gens qui, selon la représentation diplomatique (les serveurs), travaillent presque à coup sûr dans la mode. Cette dernière table pose problème : personne ne mange. Ils ont commandé beaucoup de choses, semblent très heureux, ne se plaignent pas et affirment que tout leur plaît. Pourtant, ça n'avance pas. Il est 23 h 30, nous avons déjà nettoyé la moitié de la cuisine en espérant qu'ils finissent leurs pâtes, le carré d'agneau attendra et nous attendons qu'ils en aient terminé pour rentrer à la maison.

Entre-temps, un couple de clients qui s'en va adresse ses compliments à Giovanni en disant que tout était délicieux, mais surtout… la salade, celle qui accompagnait le pigeon.

La salade qui, ce soir, était une salade de pissenlits assaisonnée avec du jus de viande au lieu d'huile d'olive.

« Ma mère aussi l'oublie chaque fois, après toutes ces années : quand elle me fait à manger, elle ne se rappelle pas que je veux de la salade. Et elle dit : mais j'ai fait des brocolis, des artichauts… Non ! Je veux de la salade, moi ! »

Nous sommes sur le trottoir et fumons une cigarette en parlant de salade, quand nous entendons un bruit mécanique, sourd et très étrange. Le bruit est fort, il a une tonalité inhabituelle et envahissante, impossible de comprendre d'où il vient. Je vais demander aux gars de la pizzeria d'en face s'ils savent quelque chose, mais ils ne savent rien et ça ne les intéresse pas. Giovanni scrute la rue devant la pizzeria et nous nous rendons compte que la lumière des réverbères est curieusement ondulée, comme si l'air était rempli d'un liquide transparent et très léger, une lumière qui vibre, nous fixe à travers cette brume et émousse un peu le contour des choses. Et ce bruit très fort ne s'arrête pas.

Non loin, un restaurant branché tenu par des amis a pris feu il y a quelque temps : avec une ironie tragique et quasi mythologique, le restaurant s'appelait Carbón, le concept était de tout cuire à feu vif avec différents types de charbon.

Mais apparemment, c'est le panneau électrique au sous-sol qui a pris feu.

La moitié d'entre nous était de service la nuit du Bataclan, dont moi. C'est le même quartier, nous sommes à cinq minutes à pied. Depuis plusieurs semaines, nous savons que tous les samedis, des gens vêtus de jaune envahissent les rues et font parfois brûler des choses. Dans quelques mois, la flèche, la toiture de la nef et du transept et la charpente de Notre-Dame prendront feu. J'ignore si cela arrive souvent dans d'autres villes, mais à Paris, de temps à autre, les choses brûlent.

Deux ou trois minutes s'écoulent avant que le bruit ne cesse, et visiblement ce n'était pas une fuite de gaz. On faisait des essais de son, nous n'avons pas saisi pourquoi et cela ne nous intéressait déjà plus.

Une fois réglée cette urgence qui n'en était pas une, Giovanni s'en va. Je fume une dernière cigarette avec le sommelier français et nous parlons de vins véronais. Puis je rentre me coucher, car le lendemain je prends le train de bonne heure pour rentrer à la maison, dans mon autre *maison*.

Gitan

Je retourne deux fois par an dans la petite ville où je suis né. C'est là où vit ma famille et, quand j'y suis, je me comporte comme je le faisais durant les derniers mois que j'y ai passés, c'est-à-dire les vacances d'été juste après le baccalauréat : je dors jusqu'à ce que l'odeur et la vapeur des pâtes égouttées dans l'évier atteignent mon lit, puis je m'allonge sur le canapé, j'écoute des débats footballistiques sans intérêt, je regarde la seconde moitié d'un film qui m'ennuie et, au bout de trois jours, je cherche une excuse pour repartir. La maison de mes parents se trouve derrière l'église et, quand je sors dans le jardin pour téléphoner à mes amis français, ils se moquent de moi car on entend toujours des cloches sonner, ce qui confirme leurs suspicions : en Italie, les prêtres ont encore pignon sur rue.

Un voisin habite dans le dernier virage avant la maison de mes parents, c'est lui qui apporte le journal à ma grand-mère tous les matins et qui nous aide à plumer les faisans qu'un ami chasseur nous offre. Quand j'étais enfant, c'était le facteur du village, il y a plus de vingt ans qu'il a pris sa retraite, et depuis, il continue de faire ce qu'il faisait avant, c'est-à-dire pratiquer quotidiennement l'art de tout savoir sur tout le monde.

Quand, en arrivant chez mes parents, je passe le dernier virage, il est mystérieusement là, aussi ponctuel que l'ennui, et scrute un horizon étroit en attendant qu'il advienne quelque chose. En me voyant, il me salue comme ça, dans un dialecte que je traduis :

« Regardez qui est là, le gitan ! »

Faut-il le préciser, les « gitans » n'occupent pas une place des plus prestigieuses dans sa hiérarchie personnelle de l'espèce humaine.

Et je me rappelle très bien comment ils se comportaient, lui et d'autres, les deux fois dans l'année où les « gitans » apparaissaient pour de bon. Ils participaient aux fêtes de la ville, et j'étais heureux, moi, car ils apportaient les manèges, les autos tamponneuses et la barbe à papa.

C'étaient toujours plus ou moins les deux mêmes familles, et – toujours parce que j'étais le seul enfant de mon âge – j'étais devenu ami avec un garçon nommé Maverick. Je jouais parfois l'après-midi avec lui, malgré la désapprobation des voisins qui nous mettaient en garde, moi et mes parents, et considéraient ces derniers comme des inconscients. Puisque Maverick avait un frère encore petit, nous avions décidé de lui offrir un tricycle en plastique que nous n'utilisions plus, mon frère et moi.

Maverick ne l'avait pas donné à son petit frère, il avait passé plusieurs jours à en faire sur la place du village. Quand la fête a pris fin et que Maverick est reparti avec sa famille, je me rappelle avoir retrouvé le tricycle dans une benne à ordures où on l'avait laissé. Comme je suis du genre à ne pas pouvoir jeter ne serait-ce qu'une chaussette orpheline et trouée, voir ce tricycle ainsi abandonné avait provoqué chez moi, à neuf ans, une petite secousse de déception. Donc, au début, quand le voisin me traitait de gitan, ça m'agaçait franchement. Sans le vouloir, il laissait entendre que si on est parti, on n'appartient plus à rien : on ne pourra pas être chez soi là où on va, car on vient d'ici, mais même si on revient, on ne pourra plus être accueilli comme si de rien n'était.

Entre-temps, j'ai un peu changé d'avis.

En fin de compte, Maverick et son frère avaient retiré de ce fichu tricycle ce dont ils avaient besoin, pas ce que j'attendais. Et c'était bien ainsi.

Quand je me regarde dans le miroir aujourd'hui, je me rends compte que j'ai tout fait pour me forger une apparence physique qui corresponde à ce que notre imaginaire cinématographique identifie de façon superficielle comme *gipsy*. Je porte de nombreuses bagues volumineuses, mes cheveux sont toujours trop longs ou leur coupe est délibérément négligée et, en cuisine, j'arbore un bandana que tout le monde trouve d'un goût discutable mais que j'aime beaucoup, moi ; enfin, mes chemises préférées ressemblent à celles qu'Adriano Celentano avait l'habitude de porter lorsqu'il pouvait encore se le permettre.

La faille dans la terre

J'ai grandi à la campagne et, derrière la maison, nous avions un grand jardin avec des orties qui me piquaient parfois les mollets. Mais ce n'est pas ce qui compte ici : à la campagne, on est seul et, enfant, je n'aimais pas être seul. Je n'aimais donc pas la campagne. Certains après-midi, je m'asseyais par terre, sans doute sous un abricotier : je rassemblais tous les sous-pots en plastique vert que je trouvais et je préparais des soupes de fleurs pleines de fantaisie, avec de l'eau du robinet, des pissenlits, des violettes, de la chicorée sauvage et des marguerites. Je m'installais et je touillais. De temps en temps, j'ajoutais une fourmi morte ou une coccinelle, et je continuais de touiller pendant un quart d'heure.

J'ai longtemps cru que c'était le seul souvenir bucolique que je conservais de mon enfance. Grandir là-bas m'avait convaincu que la campagne et la province étaient aussi ennuyeuses qu'inutiles. Ma campagne était aussi ennuyeuse qu'inutile, et je n'avais aucune raison de croire que les autres campagnes et les autres provinces puissent être différentes.

La maison où j'ai grandi avait été une petite ferme. En réalité, bien avant ma naissance il ne restait déjà plus aucune trace d'importantes activités agricoles, mais on y trouve encore des constructions, certaines profanées ou consacrées à des usages plus bourgeois, d'autres simplement ignorées et abandonnées. Par exemple, la cabane à outils était devenue la niche d'un chien qui est mort et n'a jamais été remplacé. L'ancienne grange sert à entreposer les vieux jouets des enfants devenus grands ; la modeste étable, elle, a été quelque peu réaménagée en salle à manger pour y organiser des fêtes avec les amis proches, fêtes qui n'ont finalement presque jamais eu lieu. La petite pièce avec la cave à vin en maçonnerie est devenue une maison de retraite pour vieux vélos. En fouillant dans ses recoins, j'ai même trouvé l'ancien vélo de course de mon grand-père.

Mon grand-père était très imposant, sa bicyclette aussi. Quand j'étais adolescent, chaque printemps je l'essayais, chaque fois sans succès, et je remettais ça l'année suivante. Un peu plus tard, le scooter a fait son apparition et le vélo est resté là.

Entre-temps, j'ai rencontré un philosophe berlinois qui m'a préparé un vélo de course rouge, avec un guidon et une selle doublée de velours bleu, que j'utilise tous les jours pour aller travailler et qui suscite beaucoup de convoitises. Entre-temps, je suis aussi devenu plus grand que mon grand-père, si bien que je peux à présent utiliser son vélo sans problème. Je l'ai retapé assez rapidement, grâce aux conseils essentiels de plusieurs personnes âgées des environs, dont le voisin qui me considère comme un gitan.

Mais le but n'est pas simplement de retaper le vélo : j'ai un objectif.

À une quarantaine de kilomètres du village où j'ai grandi, se trouve une vieille trattoria très célèbre pour son poisson de rivière. J'y suis allé il y a de nombreuses années, mais je ne comprenais encore rien à la cuisine et j'en garde peu de souvenirs : depuis que je suis cuisinier, tous les confrères italiens que je croise à Paris me demandent si j'y ai travaillé et je me sens alors un peu gêné, car tout le monde semble connaître cet endroit de ma région – sauf moi.

Nous sommes en août et la basse vallée du Pô est une torture : il fait très chaud, le soleil est brûlant, il y a 90 % d'humidité et le vent est une chose dont les gens parlent mais qui, en réalité, n'existe pas. Il n'est pas raisonnable de faire quarante kilomètres à vélo dans ces conditions, mais aujourd'hui je veux être seul et, surtout, j'ai besoin de transpirer pour expulser certaines humeurs noires qui stagnent en moi. Les routes de campagne sont les couloirs d'un labyrinthe fait de murs de maïs hauts de plus de deux mètres, mais je pédale et je suis heureux.

Surtout, je me rends compte que je me souviens parfaitement de ces routes. Je me souviens des raccourcis qui permettent d'abréger le trajet et je songe que, non loin de là, se trouve un petit lac caché parmi les peupliers où j'avais l'habitude d'aller quand j'étais enfant et où je m'arrête pour me rafraîchir. (Tandis que je me mouille le visage, un vieil homme qui passe me regarde comme si j'étais fou, en marmonnant en dialecte des choses qui parlent de mort et de toxicité. Mais j'ai survécu.)

Je recommence à pédaler et je me dis qu'en quittant la campagne, j'ai inconsciemment décidé d'effacer tous les souvenirs que j'avais. Les parfums et les remugles que je sens en pédalant sont tous fatigués et alourdis par la chaleur, mais je les reconnais et, comme je roule vite, mon nez en capte sans cesse de nouveaux, l'un après l'autre, c'est un aspirateur à *madeleines** proustiennes. Je repense au vieil homme du lac et je songe que, peut-être, cette malédiction de la campagne ne concerne pas que moi, c'est un ensemble de choses qui nous ont peu à peu convaincus que ce monde ne servait plus à rien : il était vieux, ignorant et stupide, et comme si ça ne suffisait pas, on a décidé qu'il était également toxique, qu'il faisait du mal. Pourtant, les bonnes choses, dont le lac, sont toujours là, mais plus personne n'y va. La chicorée sauvage y pousse encore, de nombreuses autres herbes comestibles également : entre-temps, j'ai appris à les reconnaître, car à Paris je les paie très cher à des agriculteurs de luxe pour décorer des plats à trente-cinq euros. Ici, dans une campagne de seconde zone assez industrialisée, elles poussent sans que quiconque les cueille, sauf peut-être quelques « fous ».

Le village où je me rends s'appelle Isola Dovarese, il est à mi-chemin environ entre Crémone et Mantoue. Je me persuade qu'il s'appelle Isola parce qu'il est construit sur une courte terrasse en forme de goutte, formant une saillie sur la plaine inondable de la rivière Oglio : en pratique, la rivière le contourne presque complètement et l'entoure. En réalité, se rendre à Isola n'est pas difficile, mais ces petites routes tortueuses possèdent une étrange énergie, comme si elles insinuaient chez ceux qui les parcourent la quasi-certitude qu'elles ne mènent nulle part.

Au début des années soixante, Elda et Giuseppe Malinverno tenaient une *osteria* sur la place du village. Elle s'appelait La Cooperativa, c'était un lieu populaire et joyeux où tout le monde se retrouvait pour manger et boire. L'économie du village reposait essentiellement sur l'agriculture, comme dans une grande partie de l'Italie à l'époque : ici plus qu'ailleurs, même, car il n'y avait pas de grandes usines dans les environs.

La place du village date de la Renaissance. Elle est entourée d'arcades sur une moitié, un théâtre et une église regardent en diagonale vers la mairie. En face de celle-ci se trouve un autre bâtiment, le Palazzo della Guardia, qui héberge le café le plus élégant du village, où les notables se retrouvent et discutent de questions importantes depuis plus d'un siècle, car – avec différents propriétaires – il existe depuis 1832. En 1969, la licence qui permet d'exercer une activité commerciale dans ce bâtiment historique est à vendre : Elda et Giuseppe décident de franchir le pas, ils traversent la place et reprennent ce café qui, pour des raisons peu claires, a toujours eu un nom assez dramatique, La Crepa (« la faille »).

À l'époque, il y avait une quinzaine d'*osterie* et de trattorias dans le village. Aujourd'hui, il n'en reste pratiquement qu'une : celle-ci. Elle est gérée par les deux fils d'Elda et Giuseppe, Fausto et Franco, qui s'occupent respectivement de la salle et de la cuisine, et qui, dans les années soixante-dix et quatre-vingt, ont réussi à changer chaque jour de manière imperceptible ce qui semblait destiné à ne jamais changer. Ce simple café devient alors une trattoria, puis un glacier, car Franco est un jeune cuisinier curieux et passionné par la nouveauté. Moyennant un investissement non négligeable, il achète les centrifugeuses de marque allemande qui sont là depuis les années soixante-dix (« Quand on les a prises, on les faisait fonctionner au méthane »). Federico, le fils de Franco, appartient à la troisième génération qui dirige le Caffè La Crepa, et il a quasiment mon âge.

Quand j'arrive à La Crepa pour mon premier jour, Federico n'est pas là. J'entre donc et je trouve Fausto, son oncle, en train de préparer la salle. Je me présente et je signale que nous nous sommes mis d'accord, aujourd'hui ils attendent un nouveau stagiaire : moi.

« Non, je ne suis pas au courant. Mais patiente ici. Federico ne va pas tarder, je pense. »

Je commence à tout lui expliquer, je dépose mes affaires à un endroit où je n'aurais probablement pas dû et j'offre de l'aider, je peux mettre les nappes et les couverts. Il refuse poliment et je l'aide quand même, tout aussi poliment.

Federico arrive, il me présente la brigade de cuisine puis m'emmène visiter les lieux et je comprends aussitôt que c'est le plus grand restaurant où j'aie jamais travaillé. Malgré la visite, je continuerai pendant une semaine à découvrir des pièces, des bureaux et des entrepôts où, à toute heure du jour, quelqu'un repasse des nappes avec un engin énorme. Il y a quatre salles, auxquelles s'ajoutent une terrasse couverte, deux cuisines, un atelier de glacier, deux bureaux, des vestiaires, une cave à vin, une boutique, d'autres caves, un potager, deux chambres froides, d'autres entrepôts et – je ne le découvrirai que le dernier jour – l'étage supérieur du bâtiment, non utilisé pour le moment, mais qui sait : un jour, peut-être ?

Je rencontre les gars de la cuisine, je me change moi aussi et commence à me perdre dans cette cathédrale de la cuisine locale.

Je fraternise aussitôt avec le dernier arrivé, un Japonais incroyablement sympathique du nom de Tatsuya. Il passera deux ans en Italie avec sa petite amie, elle aussi japonaise, car ils font des recherches en vue d'ouvrir ensemble un restaurant italien à Tokyo. Dans le même temps, elle travaille en Sicile, et je me rends compte que, chacun de son côté, ils font ce que je fais : ils voyagent à travers l'Italie pour apprendre ce qu'ils ne peuvent pas savoir, alors que je voyage pour apprendre ce que je pensais déjà savoir. Tatsuya a des bases très solides, il connaît précisément les innombrables sortes de raviolis que compte la tradition régionale italienne, ainsi que leurs différences, et il me tient un très long discours sur les *casoncelli* de Brescia et les *caramelle* de Plaisance. Il me dit où il a travaillé et où il travaillera dans les prochains mois. J'envie le sens de l'organisation qui lui a permis de planifier son Grand Tour, car c'est un talent que je ne possède absolument pas.

Même lorsqu'il s'agit de mettre la main à la pâte et d'apprendre sur le tas, Tatsuya semble beaucoup plus éveillé que moi. En quelques jours, il a déjà accédé à ce coin de la cuisine de La Crepa qui, jusqu'à présent, semblait être le royaume exclusif de Franco Malinverno, c'est-à-dire les desserts et les glaces. Il l'a observé et s'est tout fait expliquer, maintenant c'est lui qui compose les coupes de glace élégantes et agréablement décadentes, c'est lui qui verse la chartreuse et les autres liqueurs, c'est lui qui ajoute les gaufres et lui qui sert le très coloré *semifreddo* à l'alkermès.

Si, durant les heures de préparation, je parviens bel et bien à apporter ma petite contribution au travail, pendant le service je suis franchement inutile. Nous sommes trop nombreux. Mais même le fait d'être trop nombreux peut, à sa manière, constituer un défi à relever, car cela invite à rester invisible, à se rendre utile sans être dans le passage, ou à ne pas se rendre utile mais, au moins, sans être dans le passage.

Une fois de plus, Tatsuya se montre sensible et solidaire : il me cède presque d'emblée le dressage des assiettes pour l'un des plats les plus célèbres de La Crepa, l'*antipasto* de poissons du lac « à l'*isolana* ». Anguille et ablettes marinées, brochet et carpe en sauce, lavaret fumé. Il m'explique quoi faire et je le fais : je prends mes cuillères et mes pinces, et j'ai enfin de quoi m'occuper. Je reste toujours près de Tatsuya, car c'est celui que j'ai l'impression de déranger le moins, et nous poursuivons nos petits débats.

Je prends alors conscience d'un détail magnifique à mes yeux, mais peut-être moins aux siens, dont je n'avais pas tenu compte : depuis que j'exerce ce métier, c'est la première fois que je le fais dans ma langue maternelle, c'est-à-dire en dialecte. Non que je parle uniquement en dialecte avec ma grand-mère, ma mère et mon frère : quand il est question de choses sérieuses, on a évidemment recours à l'italien, mais il y a des choses qu'on ne sait pas dire avec la même efficacité et la même rapidité qu'en dialecte, et dès lors on les dit autrement ; ça nous fait rire, ou plutôt ça les fait rire, eux qui, pendant tout ce temps, sont restés là, et qui, chaque fois, ne s'attendent pas à ce que je me souvienne de ces deux ou trois mots et de l'occasion de les utiliser.

« Tu comprends ce que dit Franco ? je demande à Tatsuya.

— Pas trop. Mais il explique très bien, il est très gentil. Ce que je ne comprends jamais, c'est quand il dit *lawr.* »

Il y a un mot sans lequel on ne peut rien comprendre à ce que dit Franco Malinverno pendant le service : *laúr.* C'est une forme contractée de *lavoro*, « travail », mais pour lui – et pour moi – ça signifie « truc » : une personne, un client ou un collègue, mais aussi un objet, une cuillère, une assiette, un bol de parmesan ou une feuille de persil. J'explique tout cela à Tatsuya devant tout le monde, car c'est un moment de calme et Franco est en salle. Je réfléchis à voix haute tandis que les autres m'écoutent et hochent la tête, et même si j'ai la nette sensation de susciter une certaine compassion de leur part, je poursuis en soulignant combien il est étrange que, dans notre région, quand on ne sait pas comment appeler quelque chose ou quelqu'un, on lui donne le nom d'une chose qui doit être faite. Un travail, justement. En français, on dit *truc**, « truc » ou « machin », qui est le masculin de « machine ». À Parme, non loin d'ici, on dit *bagaglio*, « bagage », mais uniquement pour les objets, peut-être parce que les personnes dont on ne se rappelle pas le nom ne comptent pas.

À ce stade, mes collègues se sont définitivement endormis, à l'exception de Tatsu, qui sourit par politesse. Mais je continue, car je n'ai pas fini :

« Matteo, comment on dit *asperge sauvage* chez nous ? Tu sais, ces petites plantes longues qui poussent ou qui poussaient sur le bord des routes au début du printemps ?

— *Laurtiis.* »

Exact : « Truc allongé. »

Le lendemain matin, Franco et moi décidons d'aller faire des courses.

Tandis que nous roulons sur la départementale, il m'indique tous les « établissements » qui font du fromage, de la charcuterie et autres produits de ce genre. Il m'indique aussi les villages et les villes où il *y avait* des potagers, des agriculteurs et des porcheries qui n'existent plus aujourd'hui. Nous arrêtons fréquemment la fourgonnette et nous goûtons des *provoloni*[1] qui ont semble-t-il remporté des prix importants, ainsi que d'autres produits dans les boutiques de ces établissements. Franco ne semble guère convaincu, mais chaque fois il demande,

1. Fromage de lait de vache originaire du sud de l'Italie qui, bizarrement, est aujourd'hui beaucoup plus répandu en Lombardie qu'ailleurs. Selon la durée de l'affinage, il peut-être « doux » ou « piquant ».

s'informe, comme s'il ne voulait pas perdre espoir.

Nous allons sûrement croiser Carlo Fiorani, un jeune homme qui possède une petite entreprise agricole à Castelverde. Il a étudié à l'université Slow Food, puis il a décidé de ne faire que deux choses : du pain et du saucisson. (Je découvrirai plus tard qu'en hiver il fait aussi des *cotechini*[1].) Selon Franco, Carlo est un des producteurs les plus intéressants, car il élève ses porcs lui-même et, surtout, il est l'un des rares à faire le vrai saucisson de Crémone, avec *toutes* les parties du cochon et pas seulement avec les morceaux qu'on jette. Quand nous arrivons à son étal du marché et que nous le rencontrons enfin, je découvre que ce « jeune homme » qui vient de commencer est en fait là depuis près de dix ans. Carlo nous offre à chacun une tranche de saucisson, que je trouve délicieux. Franco se montre extrêmement gentil, avec même une pointe de paternalisme, comme pour dire : D'accord, tu es doué, ton saucisson a un bon goût de cave, mais les moisissures sont encore un peu jeunes. Puis Franco en saisit une deuxième tranche, il la plie en deux avec les trois premiers doigts de la main ; le geste est si précis et rituel que je n'ai pas besoin de l'interroger pour comprendre qu'il

1. Le *cotechino* est un saucisson à cuire fait de viande et de couenne de porc (*cotiche*). Typique de la plaine du Pô, du Piémont à la Vénétie, il se prépare uniquement en hiver et est traditionnellement servi le jour du nouvel an, accompagné de lentilles.

vérifie le grain et l'assaisonnement : la tranche doit se plier facilement, elle ne doit pas se casser, mais pas trop se courber non plus, comme cela se produit avec le saucisson industriel, élastique et caoutchouteux. La tranche doit s'effriter légèrement sur le pli et, si cela ne prêtait pas à confusion, je dirais qu'elle doit en quelque sorte crever.

Nous rentrons avec plusieurs des nouveaux pains que Carlo a récemment commencé à faire et, chaque fois que nous nous arrêtons au feu rouge, Franco me résume les dernières décennies.

« Nous, on a toujours fait de la cuisine régionale, au début parce que c'était normal et que cela nous semblait la chose à faire. D'ailleurs, plus ou moins tout le monde en faisait, même si personne ne l'appelait de cette manière. En réalité, personne ne l'appelait d'aucune manière. »

À un moment donné, les autres ont arrêté et ont fait autre chose, comme dans toute l'Italie. L'entrecôte, le bar, les saint-jacques et autres plats qui n'ont rien à voir. « Bref, d'abord ils faisaient du *bollito misto*[1] puis, en quelques années, ils se sont mis à faire des entrecôtes et du saumon, poursuit Franco. C'est arrivé pour plusieurs raisons, sans doute parce que les gens étaient attirés par la nouveauté, mais aussi parce que

1. Plat composé de plusieurs pièces de viande et d'abats pochés dans un bouillon, que l'on retrouve un peu partout dans le nord de l'Italie, sous différentes formes.

nos collègues voulaient se sentir dans le coup. Ce qui est formidable, c'est que nous, nous n'avons jamais voulu nous sentir vieux, ni faire vieux. Dis-toi qu'ici, le *bollito misto*, on le fait cuire sous vide depuis des années, bien avant que ça ne devienne une technique de cuisson rendue célèbre par Bottura, avec son *bollito non bollito*.

Je voulais faire du *bollito misto* et j'en ai fait, mais quelque temps après, ce n'était plus une chose actuelle : on faisait ce que tout le monde faisait et ce que certains font encore. On gardait la viande au chaud dans son bouillon pendant le service et, chaque fois, on faisait le tour des tables avec le chariot. Mais de cette façon, au bout de deux ou trois heures, la viande finissait par être trop cuite et immangeable. Comme on se renseignait toujours sur les nouvelles techniques utilisées ailleurs dans le monde, on a essayé, essayé et fini par trouver notre solution. Mais on n'a rien dit à personne, car les clients avaient peur de cette idée de cuisson sous vide : et donc, pour certains nous faisions de la vieille cuisine, alors qu'à d'autres nous ne pouvions pas dire que nous utilisions des techniques d'avant-garde. »

Et il conclut, au dernier feu rouge avant La Crepa : « Maintenant, ils ont changé d'avis. Tout le monde veut faire de la cuisine régionale et traditionnelle, tout le monde parle des *terroirs*... »

La tradition, bien sûr. Partout, on entend parler de territoires et de tradition, dans la cuisine et pas seulement ; nous recherchons et désirons vivre des expériences singulières dans ces lieux où le temps s'est arrêté ; nous voulons des aliments comme autrefois, mais avec un regard tourné vers l'avenir et la modernité. Tout le monde le dit et je le pense aussi, même si ces trois fichus mots, tradition, territoire et innovation, ne me satisfont pas. Peut-être les a-t-on trop utilisés, mais sans doute les avons-nous utilisés sans réfléchir à leur véritable signification.

Par exemple : que signifie faire de la cuisine traditionnelle ? À La Crepa, ils en font depuis cinquante ans, comme dans certains autres restaurants en Italie. Cela signifie-t-il que, par la grâce d'un quelconque sortilège, le temps s'est arrêté à La Crepa ? Non, il ne s'est pas arrêté, car le temps ne s'arrête jamais et ne revient pas en arrière. Ceux qui font ce métier depuis des décennies savent bien que le monde qui nous entoure change continuellement. Des charcutiers font faillite ou achètent des porcs moins chers ; ceux qui ont toujours utilisé de savoureux légumes venus des meilleurs potagers doivent chaque jour se les procurer ailleurs, car des agriculteurs meurent, prennent leur retraite ou laissent tomber ; de nouveaux charcutiers essaient, certains réussissent et d'autres non ; les laiteries qui étaient autrefois bonnes et authentiques deviennent trop grandes puis cessent de l'être, et ainsi de suite. Surtout, chaque jour, quelqu'un franchit le seuil de votre restaurant et vous propose un nouveau saucisson moins cher, avec une date de péremption plus lointaine, ou d'excellents sacs de pommes de terre rôties déjà coupées et surgelées, suivant une technique très moderne qui les rend vraiment identiques aux patates fraîches, à en croire celui qui les vend.

Ce que tout le monde ou presque appelle la tradition est en fait de la paresse, la force de l'habitude et parfois un manque d'assurance. Mais ceux qui font la cuisine à l'ancienne de la bonne façon, comme c'est le cas ici, ne font rien de différent par rapport aux grands chefs célèbres qui inventent de nouvelles choses.

Ce que je veux dire, c'est que la tradition n'existe pas : il n'y a que la recherche. On peut tenter de découvrir des choses nouvelles et lointaines, que personne ou presque n'a goûtées, et on peut le faire en regardant le passé, car la cuisine à l'ancienne est une boîte fermée dont aucun de nous n'a la clé. On ne peut pas l'ouvrir, seulement la secouer et la bouger, et, en tendant l'oreille, tenter de deviner ce qu'il y a à l'intérieur. De mon côté, je cherche encore à comprendre ce que signifie fouiller le présent.

Ici, les déjeuners et dîners du personnel sont les plus extraordinaires que j'aie connus au cours de ma vie professionnelle : variés, abondants, simples et frais, sans jamais céder à la stratégie quasi inévitable consistant à refiler aux employés des restes et de la viande qui n'est pas du jour même. Nous ne mangeons pas les plats que nous servons aux clients : nous mangeons souvent des choses que les clients ne mangeront pas, du poisson de mer, par exemple : du cabillaud, du poulpe et du mulet que Franco achète pour nous à la poissonnerie quand il va choisir des anguilles, du brochet et des lavarets.

Ce n'est pas pour rien que les repas du personnel sont si copieux et soignés : nous ne les préparons pas nous-mêmes.

Personne ne nous les apporte et ce ne sont pas des plats tout prêts. La brigade de cuisine, qui dépend de Franco, est actuellement composée uniquement d'hommes. Le personnel de cuisine, à commencer par Fausto, Federico et sa femme Greta, respecte plus ou moins la parité. Mais il y a un autre groupe, moins visible, sans lequel on ne peut pas vraiment comprendre l'histoire de ce lieu, à savoir « les femmes ». Il m'a fallu un certain temps pour le découvrir, peut-être parce que les cuisines et les espaces sont grands et que, parfois, on se croise à peine, plus probablement parce que je ne regardais pas dans la bonne direction. « Les femmes », comme ils les appellent, sont dirigées par Laura, l'épouse de Franco. Elles font beaucoup de choses : la vaisselle, le nettoyage de la cuisine (de fait, elles « font le ménage »), mais elles préparent aussi les gâteaux, les pâtes fraîches et surtout les repas du personnel. Tous les jours, vers 14 h 30, les hommes, les enfants et les adolescents doivent quitter la cuisine, car Laura arrive et fait à manger pour tout le monde.

Puis on prend le repas tous ensemble ou

presque dans la salle principale, au mieux après 15 heures, au pire après 16. Mais ça n'a rien d'étrange pour nous, les gens de la restauration, de déjeuner en plein après-midi. Il y a ceux qui préfèrent manger avant de servir les autres et ceux qui préfèrent manger après, j'ai moi-même testé les deux solutions ailleurs sans arriver à une conclusion définitive : en mangeant à 11 heures, on risque de ne pas avoir faim, mais si on se force un peu, on profite pendant la durée du service des énergies qui circulent dans notre corps, on est plus fort et plus efficace. Si on mange quand tous les clients sont partis, tout devient plus flou et ralenti, car les sucres qui circulent dans l'organisme diminuent vertigineusement : dans le même temps, on peut vraiment s'asseoir au calme et savourer un moment tous ensemble. Certains cuisiniers refusent de manger avant le service car, d'après eux, un cuisinier doit toujours avoir désespérément faim quand il travaille.

Jusque-là, c'est parfaitement normal : le problème est qu'en général, si on mange après, on mange *toujours* après, au déjeuner puis au dîner, et ainsi de suite. Pas à La Crepa : on mange après le déjeuner et avant le dîner. Ce qui est bien sûr assez absurde, car on se retrouve à dîner deux heures après avoir fini de déjeuner. S'il n'y avait le changement de table et de salle, entre le déjeuner et le dîner, les deux moments sont si proches qu'ils se confondraient. Pendant toute la semaine, j'ai occupé ces milieux d'après-midi entre un repas et l'autre en parlant avec Federico de cuisine, de trattorias anciennes et nouvelles. Federico a baigné dans la trattoria familiale dès l'adolescence, puis il a étudié la philosophie, il a travaillé dans deux des restaurants étoilés les plus célèbres du monde, l'Osteria Francescana de Massimo Bottura et le Celler de Can Roca. Enfin il est revenu ici, et – comme son père et son oncle avant lui – il a travaillé dur chaque jour pour faire évoluer un restaurant qui ne changera jamais. Je veux savoir comment, à son avis, un garçon ou une fille de notre âge doit se comporter en se retrouvant au cœur d'un lieu si chargé d'histoires, de vies vécues, mais aussi d'us et coutumes consolidés par le temps qui passe et d'autres temps passés.

Si je devais définir ce qu'est une trattoria, je dirais que c'est un restaurant où on mange comme à la maison. Mais s'il y a une maison, de toute évidence cela signifie qu'il y a une famille, ou du moins un genre de famille : cela signifie que, pour partie au moins, les personnes avec lesquelles nous travaillons sont nos frères, nos sœurs, nos mères, nos pères, nos oncles, nos tantes et nos grands-parents. Et, même si c'est la première fois que j'entre dans un restaurant familial, je connais un peu les entreprises de ce type.

Le grand-père qui possédait la bicyclette avec laquelle j'ai fait mon petit pèlerinage ici est également la personne qui a le plus influencé le destin de ma famille. C'était un petit entrepreneur dans le secteur de la mécanique et je crois me souvenir que dans sa jeunesse il avait été en relation avec Adriano Olivetti, le Steve Jobs italien des années cinquante. Si on en croit l'un des rares épisodes que j'ai réussi à extorquer à ma grand-mère et à ma mère – qui ne racontent les choses qu'à des moments bien précis et imprévisibles, comme si elles attendaient que les planètes s'alignent –, à l'adolescence mon grand-père s'était enfui de la maison pour aller se battre aux côtés des résistants dans les montagnes, puis il avait été récupéré par mon arrière-grand-père, qui avait suivi le train « sur sa Lambretta » et, quelques gares plus loin, l'avait attrapé par l'oreille puis ramené à la maison.

C'était le genre d'entrepreneur qui confond souvent les affaires et l'amitié, avec des conséquences malheureusement certaines et pas toujours faciles à gérer. En fait, quand j'y pense, je doute que la confusion ait été une question de naïveté : c'était une confusion idéologique, qui venait de la conviction profonde que travailler ensemble était une valeur supérieure et inaliénable, et que si on ne pouvait pas être amis, alors ça ne valait pas la peine.

C'est certainement de lui que j'ai hérité une prédisposition à me coucher tard et, surtout, le goût des choses gastronomiques, pour lesquelles il avait une passion débridée. Lors de ses sporadiques excursions en cuisine, principalement avec de vieux amis, il se chargeait de préparer quelques recettes, sélectionnées parce qu'elles étaient très complexes ou très lombardes. Suivant un scénario assez habituel, le grand-père cuisinier occasionnel salissait jusqu'à cinq poêles à frire pour une omelette, entre diverses explosions de colère qui m'effrayaient quand j'étais enfant – car il était grand et avait un port majestueux –, mais qui lui vaudraient aujourd'hui toute ma sympathie – car j'ai parfois l'impression d'être devenu lui.

Je me souviens, par exemple, de plusieurs dîners chez un de ses amis où il faisait toujours très sombre, j'ignore pourquoi. Dans mon imagination, ces dîners sont inextricablement liés à l'osso buco, comme une sorte de temple auquel on n'avait accès qu'à l'occasion d'une célébration sacrée bien précise (j'ai découvert plus tard que l'idée que je m'en étais faite n'était pas si éloignée de la réalité, car personne n'avait jamais habité cette maison : c'était une garçonnière).

Au-delà de ses tentatives culinaires, qui avaient le mérite de rester assez sporadiques, c'était surtout le chef de file d'aventureuses expéditions gastronomiques et vinicoles. Une dizaine de jours avant l'annonce de l'itinéraire et de la composition du groupe, on savait qui conduirait le fourgon et on évaluait la possibilité d'arrêts stratégiques pour le déjeuner : les destinations les plus recherchées comprenaient les atolls subalpins et leurs promesses de truffes blanches, les foires au poivron, le *buen retiro*[1] d'un vieil ami qui faisait du vin rouge pétillant, divers festivals de charcuterie et les expositions universelles de champignons, ces lieux où tout le monde savait qu'il ne fallait pas compter sur moi au moins durant la première heure de patrouille, et qu'on pouvait me récupérer quand on voulait devant l'ensorcelante *Amanita muscaria*.

Mais il était question de l'entreprise familiale. Eh bien, malgré un cœur en mauvais état – à cause de décennies vécues de la façon que je viens de décrire, entre autres –, il ne s'attendait tout simplement pas à mourir. Quand c'est arrivé, ma mère – fille unique et enseignante par vocation – a dû prendre la direction de l'entreprise, qui n'a jamais été très rentable mais fonctionne. Un travail qu'elle n'aime pas et pour lequel je pense qu'elle ne se sent pas douée, pourtant elle le fait depuis plus de quinze ans, par dévouement et par affection pour les hommes et femmes qui travaillent là depuis des décennies, et évidemment parce que cette chose fait partie de nous.

Cette histoire d'entreprise familiale, pour moi, ressemble un peu à une malédiction. La seule fois où j'ai dirigé un restaurant (qui ne m'appartenait pas), je me suis tellement investi que j'ai fini par faire une dépression nerveuse.

1. Maison de campagne. (D'après le nom de la résidence de Philippe IV d'Espagne aux portes de Madrid.)

Au contraire, Federico semble s'accommoder parfaitement de cette idée de famille, même très élargie. Le dernier soir de mon « stage », quand tout le monde a fini son travail, juste avant que je parte, il me demande de le suivre, car il a quelque chose à me montrer. Je le suis et, en le suivant, je découvre un bureau que je n'avais encore jamais vu. Je m'assieds à côté de lui devant l'ordinateur, sans comprendre ce qu'il fait : il ouvre le site Internet du restaurant et me montre une page où sont mentionnés les noms de tous les employés actuels, avec le rôle de chacun d'entre eux à côté ; juste en dessous se trouvent également les noms de tous les stagiaires, anciens employés et collaborateurs qui sont passés par là au cours des vingt dernières années, certains pendant longtemps et d'autres quelques jours à peine. J'ai l'impression qu'il s'attend à ce que je regarde et lise bien, et c'est donc ce que je fais : le dernier nom est le mien.

La nappe en toile cirée

Chez ma compagne, il y a une table de cuisine. Sur cette table, il y a une nappe. Et ça me perturbe. Je suis toujours le bienvenu dans cette maison, mais ce n'est pas ma maison, car depuis quelques mois je suis comme un imperméable, on me suspend ici ou là, plus ou moins froissé et parfois trempé. Ce n'est pas ma maison et, comme j'ai un immense respect pour l'espace vital des autres, si quelque chose me perturbe, non seulement je me refuse à l'exprimer à haute voix, mais souvent je ne peux même pas me l'avouer à moi-même, ce qui a des effets sous-jacents sur mon humeur.

Mais cette nappe me perturbe vraiment.

J'ai fini par me dire que ce n'était qu'une nappe, que cela ne pouvait pas être si important et que, dans les couples modernes, on devait tout se dire. Alors j'ai demandé à ma compagne si elle voulait bien retirer cette nappe.

« Pourquoi ?

— Eh bien, parce qu'elle est en *toile cirée.* »

Imaginons que vous ayez grandi dans une maison où, sur la table de la cuisine, il y avait toujours une belle nappe. Une nappe richement brodée ou une nappe très simple, une nappe ancienne ou une nappe de tous les jours ; un tissu précieux, du coton ou de la soie brute, comme vous voulez. Ce qu'il faut garder à l'esprit, c'est que sur cette table, dans cette maison, il y avait toujours eu une belle nappe. À un moment donné, en tout cas je vous le souhaite, il est temps pour vous d'aller vivre seul, dans une maison autre que celle où il y avait toujours eu une nappe. Dans cette nouvelle maison aussi, il y a une table de cuisine où, idéalement, on s'assied pour manger. Les similitudes avec la maison où vous avez grandi s'arrêtent là : car dans cette nouvelle maison, votre petite tanière, il n'y a aucune trace de ce Léviathan d'habitudes domestiques qui comprenait entre autres choses la nappe. Mais ce Léviathan connaît d'anciens chemins que les voyageurs plus jeunes et inexpérimentés ne peuvent même pas imaginer, et il trouve presque toujours le moyen de se glisser jusque dans la nouvelle maison sur la nouvelle table : s'il n'y a pas moyen de s'y glisser physiquement, la vieille nappe peut atteindre les cuisines des fils et des filles, sous la forme d'un fantôme ou, du moins, d'un léger sentiment de culpabilité.

C'est la culpabilité qui crée les nappes en toile cirée. Vous voyez de quoi je parle : cette base en nylon qui doit garantir l'indispensable souplesse du drapé ; une base à laquelle s'ajoute l'impression, qui reproduit une fois de plus des trames textiles, décalées par rapport au nylon et désormais élevées au rang de mythologie. La trame est variée, elle possède un nombre infini de nuances taupe, beige, tronc d'arbre, tranche de foie et terre en jachère. Mais surtout, une autre couche de cire transparente qui, à la première chaleur d'une poêle distraitement posée, se soulève, change de couleur, commence à s'effriter et finit par partir toute seule. Je n'ai pas envie de m'aventurer dans le vaste répertoire de décorations qui en ponctuent la surface : cœurs, passoires, épis de blé et flocons rouges, parfois accompagnés d'inscriptions et de devises qui servent à nous rappeler certaines valeurs essentielles qu'on serait fou d'oublier, comme HOME SWEET HOME, BON APPÉTIT ou RELAX IN THE COUNTRYSIDE.

Tout autour, remarquons le bord dentelé : fondu et façonné dans la même substance que celle des cauchemars et des dragées de baptême, il sent presque toujours la crevette, et il est biodégradable au point de nous survivre à tous, intact.

Comment était-ce possible ?

Ma compagne était manifestement consciente qu'il s'agissait d'une tragédie stylistique, mais dans un recoin de sa tête, sa conscience lui disait que ne rien mettre sur la table serait indigne. Et c'est là que se niche le cœur de la question :

si les nappes, les vraies, sont belles, c'est parce que prendre soin de ce qui n'est pas strictement nécessaire fournit l'une des rares choses qui nous permet avec certitude de rester humains. Les nappes, les vraies, se tachent immédiatement, au bout de cinq minutes, et il faut les changer. Dans notre cas, cependant, la table est aussi le plan de travail dans la cuisine, et donc, quand je cuisine, je la salis généralement *avant même* le repas.

Si une chose se tache et doit être changée, cela veut dire que quelqu'un doit l'enlever, la remplacer, la laver, la faire sécher, la repasser, la plier, la ranger et, surtout, penser à accomplir tous ces gestes. Le nombre de personnes qui les font faire par du personnel de maison n'est statistiquement pas pertinent, je ne m'y intéresse donc pas. Pour obtenir une vraie nappe, il faut quelqu'un qui la lave et, en général, *ce n'est pas un homme*.

Dans la maison où j'ai grandi, la nappe servait et ne sert toujours que les jours de fête, c'est-à-dire deux ou trois fois par an, ou quand il y a des invités, c'est-à-dire presque jamais. Mes parents ont sans nul doute grandi dans des maisons où il y avait une nappe sur la table, mais ils étaient peut-être conscients que, d'une manière ou d'une autre, de façon souterraine, la modernité arrivait enfin. Cependant, le courage de manger en posant les assiettes sur la table nue a toujours manqué, on s'est donc repliés sur le grand compromis historique des années quatre-vingt-dix :

les fameux sets de table. Le set de table avait l'avantage technologique incontestable d'atténuer le problème principal de toutes les nappes en tissu. Si un invité trop agité ou mal élevé le tachait de sauce, de vin rouge ou de mayonnaise, il suffisait d'en laver un seul, car les personnes éclairées en avaient acheté d'autres de rechange.

Le set de table avait un avantage supplémentaire, il permettait à tout convive rebelle de migrer vers une autre surface avec toute sa plateforme alimentaire, conservant ainsi au moins l'idée de repas pris ensemble. Cela dit, les sets de table se salissent aussi et, dans tous les cas, on n'a aucun exemple de quelqu'un qui ait jamais su en confectionner, et encore moins en dénicher, de beaux. Comme presque toutes les initiatives sociales et économiques qui ont vu le jour dans les années quatre-vingt-dix, les sets de table sont le souvenir d'une chose dont nous attendions beaucoup, mais qui n'a pas fonctionné.

Y a-t-il une solution ? La mienne, au cas où vous ne l'auriez pas deviné, est de manger sur la table nue, une belle table, peut-être, de celles qu'on trouve dans la rue lorsque les gens déménagent en hâte. Le parti de la nappe répond en rappelant la fonction originelle de celle-ci : protéger la table, qui serait à coup sûr abîmée sans elle. D'après moi, les tables doivent vivre, comme les guitares électriques et les beaux livres, mais j'admets que c'est ma vision des choses.

Précisons, car on ne sait jamais : persister ou

se remettre à faire laver les nappes tous les jours par ceux ou celles qui ont toujours accompli cette tâche ne peut en aucun cas être une solution acceptable.

La façon dont nous couvrons ou ne couvrons pas nos tables n'est pas très importante.

Ce qui l'est, c'est ce qu'on met dans les assiettes, à la maison et au restaurant. Et la qualité et la beauté de ce que l'on trouve dans les assiettes en Italie obéissent aux mêmes critères que la nappe. Les personnes qui ont grandi en Italie ont souvent le privilège de manger beaucoup mieux que les autres. La raison est très simple et assez dégueulasse : nous avons encore quelqu'un pour laver nos nappes. Ou, si l'on met de côté la métaphore, pour faire la cuisine à notre place. Si, par hasard, cette personne a finalement décidé de ne plus la faire, nous nous accrochons au souvenir vivace de la joie suscitée par une nappe propre tous les jours, nous estimant dès lors supérieurs à ceux qui n'ont même pas ce souvenir. En réalité, sous nos yeux et sur notre table, il y a très souvent une nappe en toile cirée hideuse, qui nous permet de ne pas faire face au problème et que nous finissons par ajouter à la liste des « choses qu'on ne peut dire à personne ».

Le creux de la joue

Longtemps, j'ai eu un complexe d'infériorité lié à mes mains. Je sortais boire un verre avec mes amis chefs et ils avaient toujours des mains plus abîmées que les miennes. Les années ont passé, une, deux, trois, quatre, j'ai travaillé de plus en plus en cuisine et mes mains étaient encore celles d'un lycéen qui lirait trop de romans. Les autres avaient des brûlures aux avant-bras, des écorchures autour des coudes, les jointures de leurs doigts étaient rougeâtres, avec parfois un ongle qui était tombé.

Les autres avaient des cals dont les difformités me faisaient penser à des reliefs rocheux millénaires photographiés sur des planètes lointaines ; parfois, entre les phalanges des autres, je croyais même apercevoir des parasites fascinants que je soupçonnais d'être d'origine marine.

Moi, rien.

Certes, j'avais de minuscules cals, que j'entretenais et examinais avec affection, les caressant comme si c'étaient des hamsters pour mesurer leur éventuelle croissance. Mais en comparaison, mes abrasions n'avaient absolument aucune importance, j'étais contraint de l'admettre. Les seules parties rougeâtres de mes mains étaient mes ongles, dont je persistais à arracher les cuticules comme à treize ans. Pour les cuisiniers, avoir les mains abîmées est un signe de reconnaissance, bien plus que les tatouages qu'ils portent désormais tous. Et, malgré mes efforts, je n'appartenais toujours pas à la meute.

Au même moment, j'avais l'impression d'avancer timidement dans la profession. Mes plats ont commencé à ressembler un peu plus à ce que je mangeais dans les restaurants qui me plaisaient ; et ce que je mangeais devenait au fil du temps de moins en moins mystérieux. Je pouvais comprendre le processus qui aboutissait à une sauce ou comment la cuisson d'une viande avait été gérée ; et, de temps en temps, quand je goûtais les plats des autres, j'y trouvais des défauts, j'identifiais facilement les erreurs, car j'avais commis ou je commettais encore les mêmes. Parfois, j'avais des mini brûlures, et je m'occupais alors de ces petites bulles comme un vrai pirate de la cuisine, c'est-à-dire en les frottant avec des tranches d'oignon cru, persuadé que ça marcherait.

Pourtant, mes mains restaient parfaitement civilisées et je ne pouvais pas le supporter. Je me rappelle qu'une interprétation dangereuse se matérialisait par moments dans mon esprit : si les autres ont les mains si abîmées et moi non, ne serait-ce pas parce que je suis plus intelligent qu'eux et donc capable de ne pas me faire mal ? Se pourrait-il que je sois meilleur ? J'ai tout fait pour chasser ces mauvaises pensées.

On le sait, il arrive que la vie bascule en un instant, mais aussi qu'elle change un peu chaque jour. Celle de mes mains a changé lorsque j'ai cessé d'y penser, car j'avais autre chose à faire.

Mes mains me sont revenues à l'esprit d'un coup, quand j'ai travaillé dans une trattoria romaine.

La première chose qu'on me donne à faire chez SantoPalato, c'est nettoyer et couper le *guanciale* – la joue de porc. Parfait, je réponds à Sarah Cicolini, la cheffe et propriétaire qui me l'a demandé. Je sais comment on nettoie le *guanciale*, je sais ce qu'il faut faire : on doit d'abord enlever toute la couenne, car il arrive que quelques poils restent collés, ce qui ne serait pas agréable, mais surtout la couenne du *guanciale* et, en général, toutes ses parties jaunâtres sont très amères et ont un goût rance.

Pas quelques tranches de *guanciale :* deux morceaux entiers. On me donne un couteau et une planche à découper, puis on me laisse travailler. Tandis que Sarah et les autres vaquent à leurs occupations, je perçois quelques petits rires, mais je ne m'en soucie pas trop.

Au bout de dix minutes, la graisse du *guanciale* a recouvert toute la surface du couteau, y compris le manche, et atteint différentes parties de ma personne. J'ai beau essayer de laver le couteau et de sécher le manche avec du vinaigre, afin de le dégraisser et de lui redonner de l'adhérence, rien n'y fait.

Les regards de mes collègues restent discrets, mais se font gentiment moqueurs, sans être dénués de tendresse ; je comprends alors que la technique que j'ai choisie est, à leurs yeux, assez curieuse : le fait est que je m'efforce de produire la meilleure impression, et j'ai donc décidé de peler le *guanciale* entier, en enlevant la couenne d'un coup, comme si je découpais un gros poisson délicat. Je m'efforce d'être précis et de laisser le moins de déchets possible. Le résultat est d'une redoutable lenteur et d'une certaine maladresse, et je continue de tourner entre mes mains cette grosse boule de lard salé. Mais c'est comme si je m'enfonçais dans des sables mouvants, car plus je me débats, plus la graisse me souille et me fait perdre de l'adhérence, rendant mes efforts de plus en plus vains. Surtout, quand j'arrive enfin à me débarrasser de la couenne et des autres morceaux jaunâtres, que je peux commencer à le couper en cubes, je découvre que la base de mon index est maintenant complètement entamée par le dos du couteau. « T'as pas le cal du *guanciale* ? » me demande Francesco. Je résiste, je protège ma main avec plusieurs couches de papier absorbant et je coupe mes cubes.

À présent, il est midi. Sarah retourne à la cuisine et me confie un nouveau rôle pendant le service : je dois me tenir à côté d'elle et faire frire le *guanciale*, que j'ai soigneusement découpé en morceaux de différentes tailles pour les besoins les plus variés. Par exemple, les plus petits seront noyés dans la sauce de l'*amatriciana*. « Quand on peut, on fait la sauce de l'*amatriciana* en express : c'est une sauce légère, elle ne doit pas cuire pendant deux heures, ce n'est pas une bolognaise. Comme de nombreuses sauces dans la cuisine romaine, le temps de cuisson doit être le même que celui des pâtes. »

Le *guanciale* a sa poêle attitrée, qui m'est confiée. C'est une casserole en fer déformée munie d'une poignée branlante : elle dégage une énergie qui lui est propre, comme si elle était habitée par les cinq mille assiettes de pâtes à la carbonara servies rien que l'année dernière ; elle a la fierté d'une arme épuisée, mais toujours prête à se battre de nouveau à nos côtés.

Puis je fais frire mes petits morceaux de *guanciale* dans leur graisse, en veillant à les retirer au bon moment, c'est-à-dire dans l'intervalle fugitif qui sépare le translucide du brûlé et qu'on qualifie de *croquant*. En revanche, pour la carbonara, les cubes sont beaucoup plus grands, près de deux centimètres de côté. Dans le même temps, on me confie aussi la friteuse, où baignent en général les grosses boulettes de queue de bœuf à la *vaccinara*[1].

1. La *coda alla vaccinara* est une des grandes recettes de la cuisine romaine populaire : la queue de bœuf ou de veau est longuement braisée dans une sauce à base de tomates pelées et céleri branche, et que l'on termine avec des raisins secs, des pignons de pin et de la poudre de cacao. Le nom vient de « *vaccinari* », comme on appelait les employés des abattoirs qui

Chaque fois que je termine une poêle de portions salées, petites ou moyennes, je la mets à la disposition de Sarah, j'égoutte et je filtre la graisse bouillante qui en est sortie : le récipient à cet effet est une de ces saucières blanches qu'on trouvait toujours chez ma grand-mère, le dimanche à déjeuner, en forme de lampe d'Aladin, décorée de motifs floraux et dont la soucoupe est fixée à la base même de la saucière ; je renverse un peu de graisse à une ou deux reprises, mais dans l'ensemble ç'aurait pu être pire.

« Les spaghettis *cacio e pepe*, il vaut mieux que je m'en charge moi-même… C'est pas que je te fasse pas confiance, c'est juste que le pecorino, tu sais… parfois il fait des fils… »

De fait, j'ai une relation compliquée avec les pâtes *cacio e pepe*. Contrairement au poulet, que je hais de toute mon âme et que je refuse tout simplement de cuisiner, les pâtes *cacio e pepe* sont en réalité un de mes plats préférés. J'en mangerais à n'importe quel moment, c'est la première chose qu'il me vient à l'esprit de cuisiner quand je suis seul et que je n'ai pas à étonner qui que ce soit. Le problème, c'est que je ne les réussis presque jamais. Et rien ne m'afflige comme les pâtes *cacio e pepe* ratées, surtout si c'est moi qui les ai ratées. Quand je commets une erreur, je me montre intraitable et particulièrement nerveux pendant plusieurs jours, je dors mal, je me

---

étaient souvent récompensés avec des abats et des découpes bon marché.

dispute avec tout le monde et, par conséquent, je cuisine mal tout le reste. C'est pourquoi, il y a encore deux semaines, grâce entre autres aux sages conseils de ma compagne (qui préfère que je ne sois pas intraitable), les pâtes *cacio e pepe* étaient rigoureusement exclues de mon répertoire. Mes collègues m'ont dit qu'il suffisait de faire la crème et que ce n'était donc pas si difficile. Je cherchais et j'expérimentais des techniques bizarres. Pourtant, rien.

On murmure que la température magique au-delà de laquelle le pecorino romano fait des grumeaux est de soixante-deux degrés (pendant mes mois d'hésitation, j'ai même commandé un thermomètre laser pour contrôler la température de la crème : à la fin, on l'utilisait pour mesurer la fièvre en le pointant sur notre front). J'ai eu un doute atroce : y avait-il une chose très simple qui m'échappait ? Cuisiner un plat si populaire ne peut pas être comme construire une navette spatiale : c'est un geste simple, peut-être délicat mais rapide.

Comme presque toutes les bonnes choses de la cuisine romaine, Sarah Cicolini vient des Abruzzes. Plus précisément d'une petite ville appelée Guardiagrele, qui donne sur le massif de la Majella. Elle n'a fréquenté aucune école hôtelière et a fait des études de médecine, car lorsque nous faisions nos études, nous, on ne pouvait pas dire qu'on voulait être cuisiniers.

Elle a de très longs cheveux bouclés et violets, et elle se réveille tôt le matin ; le dimanche, avant de venir travailler, elle s'entraîne pour courir le marathon, et elle connaît les meilleurs endroits de Rome où prendre le petit déjeuner.

« La vraie *cacio e pepe* est servie sèche, aussi sèche que possible, avant même d'arriver dans l'assiette, enveloppée dans une serviette. Tu sais, les bergers qui faisaient la transhumance mangeaient ça, on sentait le goût du sel et c'était une excuse pour boire plus. Quant au poivre, il réchauffait quand il faisait froid. La *cacio e pepe* onctueuse est née uniquement parce que nous, les cuisiniers, devions montrer que nous étions meilleurs que les autres. Un jour, j'aimerais servir la version sèche, la vraie, ou même les deux, mais je pourrai le faire quand on sera vraiment tranquilles et que j'aurai le temps d'aller en salle pour l'expliquer aux clients. »

Comme je ne suis pas habilité pour la *cacio e pepe*, je me contente de lui tendre le bol en acier et d'y moudre le poivre, c'est sur ce fond que tomberont les *tonnarelli* bouillants qui, en chauffant le poivre, font ressortir les saveurs. Puis vient le pecorino et lui seul, on mélange un peu, et cette boule de laine feutrée recouverte de neige est la vraie *cacio e pepe*. Pour faire la nôtre, celle des cuisiniers dans le vent, on ajoute une demi-louche d'eau de cuisson chaude, on remue furieusement pendant une petite minute, puis on la verse dans l'assiette et on se dépêche, sinon elle refroidit.

En restant un peu à ses côtés, j'ai acquis la conviction qu'en réalité, les plats que Sarah préfère sont ceux qui changent tous les jours et qui figurent à la craie sur le tableau noir devant la cuisine. Ce sont des versions à peine retouchées des assiettes paysannes que certains mangent encore à la maison mais que plus personne ne fait au restaurant. Hier, nous sommes allés chercher deux belles poules que nous a fournies Roberto Liberati. C’est en quelque sorte la superstar des bouchers romains et, quand on le croise dans la rue, sans tablier et avec ses lunettes à la mode, il ressemble plus à un architecte, à un Le Corbusier barbu, qu’à un boucher. Pendant que Sarah faisait les courses, je me suis arrêté, par discrétion, devant le tableau du bœuf gras qui arrivera dans quelques jours et où toutes les pièces sont marquées du nom des meilleurs restaurants romains du moment, car chacun d’eux s’en est attribué un petit morceau.

Ces deux poules, nous les avons ensuite fait bouillir, nous avons effiloché la viande et l'avons servie très simplement, mélangée avec un œuf battu et un peu de parmesan, puis trempée quelques secondes dans un plat avec son bouillon. Les plats comme ce bouillon de poulet à la *stracciatella* possèdent une forme particulière de beauté, surtout lorsqu'on les sert au restaurant à un prix modique : cela signifie qu'on ne ressent pas le besoin d'impressionner ni d'étonner ceux qui mangent, qu'on veut juste leur offrir une caresse.

Pour ma dernière soirée à Rome, on a décidé d'aller prendre un verre avec les collègues de la cuisine. Je suis assis à la place du passager et nous roulons tranquillement dans la ville à bord de la voiture de Mattia, le *sous-chef** de Sarah, qui, avant de travailler à SantoPalato, dirigeait une trattoria dans les Castelli Romani et encore avant était dans la reliure de livres de collection. Nous nous retrouvons à parler du sujet dont, à Rome, on finit toujours par parler, à savoir Rome elle-même.

« Tu connais l'histoire de la vitre brisée ? En gros, l'expérience, c'était de laisser deux voitures identiques dans deux endroits différents, l'une aux Parioli, un quartier chic, et l'autre à Torpignattara, une banlieue pourrie. Au bout d'une semaine, ils sont allés voir dans quel état étaient les deux bagnoles : eh bien, celle du quartier chic n'avait pas bougé, alors que celle de la banlieue pourrie était une épave, les gens avaient tout pris. Du coup, on va croire qu'à Torpignattara c'est des connards, non ? Mais ensuite, ils ont cassé une vitre de la voiture qui était aux Parioli... Eh bien, tu sais ce qui s'est passé ? Là-bas aussi, les gens ont tout pété. Ce que je veux dire, c'est que c'était pas la banlieue, le problème. C'est pas que les gens sont des connards. C'est juste que si on pète un truc et qu'on le répare pas tout de suite, ils pètent tout le reste. »

Je n'ajoute rien, car sa démonstration est implacable, mais je songe que dans le *Satyricon*, il y a une expression de Pétrone que j'ai toujours beaucoup aimée, au point de vouloir me la faire tatouer sur l'avant-bras : *Vitrea fracta et somniorum interpretamenta.* Vitre cassée et interprétation des rêves. Mais je me rends compte que c'est un non-sens et qu'en réalité ça n'a rien à voir, alors je la garde pour moi.

Le dernier endroit où nous allons s'appelle La Mescita, il se trouve dans la Garbatella. Nous nous garons en triple file. Mais ce n'est même pas ça : on ne peut plus parler de file, on est au-delà du concept de « file ». L'alternative, ce serait de voler et de se garer sur les nuages.

Le propriétaire et gérant s'appelle Angelo, il a de longs cheveux gris et parle en insérant de nombreuses expressions en français, souvent hors de propos. Je commence à lui répondre en français, m'efforçant d'avoir l'accent le plus rond et le plus voluptueux dont je sois capable, puis débute entre nous une petite *jam session* d'idioties.

Deux jours avant, Sarah m'a dit qu'elle avait bu une bouteille d'un vin français très spécial et très rare, même en France, et donc, quand nous finissons le verre de bienvenue qu'Angelo nous a offert, puis la première bouteille, je propose d'offrir une bouteille à mon tour.

J'intercepte Angelo, qui se dirigeait vers la cave pour en prendre une, et je lui dis que je veux la choisir. Je lui dis que je veux le pinot noir d'Auvergne de Frédéric Gounan. Il me demande de répéter.

« Vraiment ? C'était justement la bouteille que je voulais prendre. Comment tu as su que j'en avais ? »

À ce stade, Angelo ressemble au comédien Gigi Proietti dans un sketch célèbre que la RAI rediffuse chaque fois qu'il y a une interruption des programmes, celui dans lequel il interprète un chanteur lambda et chante dans un français fantaisiste. Ça rigole beaucoup.

Plus tard, arrive le moment où nous avons trop bu, où quelqu'un s'endort sur le comptoir et où ceux qui ne dorment pas se regardent dans les yeux en pensant que ces vins français légers, frais et légèrement acidulés nous ont tous entraînés au pays du reflux gastrique.

Pendant qu'Angelo baisse le volet, je fume une dernière cigarette avec Francesco, le plus jeune, qui me ramène ensuite chez moi en voiture, car c'est sur son chemin et que de toute façon, à Rome, seuls les fous et les nonnes vont à pied. Il me serre la main comme nous le faisons, nous, les jeunes.

« Tomma, oh… Comme disait l'autre, on est venus, on a vu et on a vaincu… »

Carbonara Confidential

Dans l'Europe de la fin du Moyen Âge, on écrivait et on parlait en latin pour aborder les questions importantes, tandis qu'à la maison chacun parlait son dialecte. Toutes les cultures gastronomiques nationales ou presque fonctionnent ainsi : il existe une tradition propre à la cuisine de restaurant et une autre à la cuisine domestique. Ce sont, pour ainsi dire, deux championnats différents, qui ne communiquent généralement pas entre eux ou très peu. C'est le cas de la cuisine indienne et de quasiment toutes les cuisines du Moyen-Orient, et c'est assurément ainsi que fonctionne la cuisine française. Il y a des choses que l'on mange au restaurant et d'autres que l'on fait à la maison.

Pas en Italie. En Italie, il n'existe aucun canon gastronomique dans la restauration. Ce n'est pas parce que, comme on le dit souvent et à juste titre, la cuisine italienne est une affaire régionale : en réalité, il n'existe aucun canon régional non plus.

À la limite, on trouvera deux ou trois choses que nous déléguons volontiers aux professionnels et qui, à elles seules, constituent un canon parallèle : la pizza et la friture. Au point que, pour beaucoup d'entre nous, « sortir manger une pizza » est synonyme de sortir dîner.

Les plats que nous mangeons et que nous avons toujours mangés dans les trattorias ne diffèrent en rien de ceux que nous faisons à la maison, précisément parce que la trattoria naît quand une personne (ou une famille) qui cuisine assez bien à la maison décide de le faire pour plus de gens et dans un lieu plus grand.

Les Italiens sont un peuple qui sait faire la nourriture, très bien même, mais nous ne sommes pas un peuple de cuisiniers. Nous ne l'avons jamais été. Les Français sont, traditionnellement, un grand peuple de cuisiniers : les concepts mêmes de *chef* et de *restaurant* sont des fondements de l'identité française.

La première conséquence est que lorsque nous, Italiens, allons au restaurant, nous ne sommes pas impressionnés par ceux qui cuisinent. Nous y allons, bien sûr, car pouvoir dîner sans faire les courses et s'atteler à la tâche tout un après-midi est bien pratique, mais nous ne nous attendons pas à de grandes émotions ni à de grands plaisirs. Nous sortons dîner, nous commandons, nous mangeons et nous payons, puis l'immanquable verdict est : « Bof, pas mal. » Nous commandons, mangeons et payons la carbonara, mais tandis que nous le faisons il y a toujours une petite voix dans notre tête pour nous murmurer qu'au fond nous aurions fait mieux. Ou que notre grand-mère, notre mère, notre père et notre oncle Pino faisaient mieux, etc.

Comment fait-on la carbonara au restaurant ? Pourquoi n'est-elle jamais comme celle qu'on fait à la maison ? Et surtout, pourquoi n'est-elle pas comme elle devrait l'être, alors que nous payons pour la manger ? Pourquoi ne peut-elle pas être meilleure qu'à la maison ?

Tout d'abord, voyons si nous sommes d'accord sur la façon de faire la carbonara à la maison :

Je fais chauffer de l'eau.

Je casse trois œufs, je mets deux blancs de côté et j'en garde un entier. Je verse le tout dans un grand bol, j'ajoute une pincée de sel et je commence à le battre avec une fourchette ou un fouet. Je prends un morceau de pecorino romano, je le râpe dans le bol avec les œufs et je continue de battre le mélange au fouet. J'ajoute beaucoup de poivre noir et je continue de battre.

Puis je prends du *guanciale*, j'enlève la couenne, je coupe quelques tranches pas trop fines puis chaque tranche en lamelles. Je prends une grande poêle à frire, j'y verse le *guanciale*, je la pose sur le feu et la laisse jusqu'à ce que le *guanciale* devienne translucide et croquant.

Entre-temps, l'eau est sans doute en train de bouillir. J'ajoute alors une poignée de gros sel, peut-être un peu moins que d'habitude, car les ingrédients de la sauce sont déjà très salés. Quand l'eau recommence à bouillir, je jette les spaghettis – ou les *mezze maniche* que, pour ma part, j'ai tendance à préférer, car lorsqu'on mélange très rapidement tout ce qui se trouve dans le récipient avec un peu d'eau de cuisson, un petit morceau de *guanciale* se glisse inévitablement dans la *mezza manica* sans qu'on le voie, ce qui crée ce phénomène aussi agréable qu'extraordinaire appelé « grosse surprise ».

Si tout se passe bien et que le cuisinier a suffisamment de sensibilité, d'expérience et de bonne humeur, le miracle chimique se produit : les pâtes très chaudes associées à quelques gouttes d'eau de cuisson cuisent et font légèrement coaguler les molécules de lécithine contenues dans le jaune d'œuf, donnant ainsi vie à ce merveilleux *zabaglione* salé aux pralines de porc frit qu'est la carbonara. Trois cents grammes de pâtes pour deux personnes me semblent être le minimum syndical.

Or la cuisine d'un restaurant suit d'autres règles.

Ce qu'on fait dans une cuisine professionnelle se partage en deux catégories : la *mise en place** et le service. La *mise en place** est l'ensemble des activités que le cuisinier, le *sous-chef**, le *commis** et le plongeur font avant l'arrivée des clients. Le service, c'est ce qu'on fait quand les gens sont assis à table, choisissent ce qu'ils mangent et patientent.

Dans cette distinction se nichent tous les secrets et les différences entre un bon et un mauvais restaurant, et la façon dont ces deux phases sont interprétées sépare les grands chefs des semi-amateurs et des médiocres.

C'est aussi la partie la plus fascinante du travail en cuisine : car *personne* n'a jamais codifié la manière de répartir les choses entre les deux moments. Il n'y a pas de livres qui nous disent si, pour faire la carbonara, on doit faire frire le *guanciale* avant le service ou pendant. Chaque cuisinier en décide et s'organise suivant ce qu'il croit, ses habitudes et ce qu'il pense être le plus opportun.

L'intelligence et le talent d'un cuisinier ou d'une cuisinière se situent là : pas dans les sauces compliquées que l'on peut apprendre sur Internet, ni dans des combinaisons de saveurs audacieuses et originales, qui ne sont qu'une question de fantaisie – et la fantaisie n'est pas réservée aux professionnels.

On peut choisir de préparer le plus possible *avant* l'arrivée des clients, et donc pendant la *mise en place** : ce qui présente de nombreux avantages, le premier étant que, quand le client commande, l'assiette peut « sortir » très rapidement. Ainsi, la cuisine n'est pas encombrée, le risque de « merder[1] » diminue et les gens sont heureux, car ils n'ont pas à attendre.

1. Même s'il semble vulgaire, il s'agit d'un terme technique

Ou vous pouvez choisir d'en faire peu pendant la *mise en place** et beaucoup durant le service : dans ce cas, les avantages sont moins évidents. Par exemple, un cuisinier qui fait tout à la dernière minute peut se rendre au travail plus tard dans la matinée. En revanche, le moment du service sera beaucoup plus chaotique et risqué : la *mise en place** est la phase calme du travail en cuisine, tandis que le service est le moment de l'anxiété. S'il y a beaucoup de monde, les assiettes sortiront plus lentement et, en cuisine, les cuisiniers auront beaucoup à faire, ils se marcheront sur les pieds, il y aura des coups de coude, des cris, des objets qu'on lance, des blessures, des brûlures. Il est également bien plus probable qu'un plat soit mauvais. Parfois, les pâtes seront trop cuites. Les steaks risquent d'être trop cuits ou pas assez. Parfois les pommes de terre au four seront froides.

En matière de caractère, tous les cuisiniers et les chefs professionnels se partagent en deux catégories : ceux qui préfèrent la mise en place et ceux qui préfèrent le service. Il y a d'un côté ceux qui préfèrent faire beaucoup avant et peu pendant, car c'est plus confortable, plus relaxant, organisé et sûr, et ceux qui préfèrent faire peu avant et beaucoup pendant, car…

---

fort répandu parmi les professionnels de langue italienne. Il signifie que trop de commandes s'empilent. En raison de l'affluence simultanée de nombreux clients, il veut dire qu'on ne peut pas satisfaire sur-le-champ les exigences de la clientèle. Avec l'expérience, une telle impossibilité est presque toujours démentie par la pratique.

Je suis de ceux qui font *très peu* avant et presque *tout* pendant. La raison principale, c'est que je suis paresseux. J'aime faire la grasse matinée, me lever le matin est une torture. Je n'en suis pas fier, au contraire : j'y travaille et j'ai d'ailleurs sensiblement progressé avec le temps, mais disons que mes capacités de base restent inchangées. Ma propre nature m'agace, car elle me fait vivre des services très durs et tendus. Or nous savons tous, dès l'école primaire, que ceux qui s'avancent dans leurs devoirs ont une vie plus tranquille, ils réussissent mieux et obtiennent de meilleures notes.

Justement : voyons comment on prépare la carbonara dans un restaurant quand on est sérieux et qu'on fait ses devoirs à l'avance.

Mise en place :

— ~~Râper le pecorino romano~~. Prendre le pot de pecorino acheté déjà râpé et agréablement aromatisé avec divers conservateurs ;

— ~~couper le *guanciale*~~. Prendre du *guanciale* déjà coupé dans des barquettes en plastique sous vide ;

— faire frire tout le *guanciale* et le mettre de côté, « au chaud » ;

— ~~casser les œufs et séparez les blancs des jaunes~~. Ouvrir le Tetra Pak de jaunes et y ajouter le sel et le poivre ;

— mélanger les œufs avec le pecorino, mettre

en boîte (dans les cas véritablement criminels : ouvrir la conserve contenant l'œuf et le pecorino déjà mélangés) ;

— précuire les pâtes trois minutes dans l'eau à ébullition, refroidir avec de l'eau froide et de la glace, mettre en boîte avec de l'huile.

Service :

— Finir de cuire pendant encore une minute la quantité de pâtes correspondant au nombre d'assiettes requis ;

— prélever le nombre correspondant de cuillerées de sauce à l'œuf et les mettre dans un bol ou une casserole froide. Enlever l'éventuelle croûte qui se serait créée à la surface de la sauce ;

— égoutter les pâtes dans le récipient cidessus ;

— ajouter le *guanciale* (bouilli dans sa propre graisse) ;

— remuer ;

— ajouter du lait ou de la crème fraîche si quelque chose a mal tourné ;

— servir dans une assiette chaude.

Si cela ne vous semble déjà pas très appétissant, essayez à présent d'imaginer ce qui arrive à la sauce à l'œuf, au *guanciale* frit et aux pâtes à moitié cuites si par hasard on ne vend pas toutes les portions préparées pour être mises en place : tout finit dans le réfrigérateur, prêt à être ressuscité le lendemain. Et si on ne termine pas le lendemain, ce sera pour le surlendemain, etc.

On aura compris que, contrairement à l'école primaire, « s'avancer » n'est pas forcément une bonne chose en cuisine : si tout devient plus facile, pratique et rapide pour nous qui cuisinons, en revanche, vous qui mangez aurez des produits moins frais, des légumes gris et mous, de la viande réchauffée et des pâtes gélatineuses. Mais attention : aucune de ces choses ne viole les règles d'hygiène très strictes de l'État italien. La carbonara faite « en prenant de l'avance » enfreint les règles du *bon goût* italien.

Cela ne signifie pas qu'il faille être parcsseux comme moi : au contraire, il est essentiel d'être propre, organisé, et d'avoir des idées claires. La paresse m'a cependant permis de découvrir que les épinards cuits des heures avant d'être servis sont tristes, alors que si on les fait sauter trente secondes juste avant dans une poêle très chaude, ils deviennent l'une des meilleures choses au monde. Même si on est propre et organisé, travailler de cette manière est évidemment plus difficile et risqué, mais ça en vaut la peine.

Nous sommes un pays de gens qui savent manger et faire à manger, mais pas un pays de cuisiniers. C'est aussi l'une des nobles raisons pour lesquelles l'Italie a les règles d'hygiène les plus strictes d'Europe : une raison historique, liée au fait que ceux qui cuisinaient dans les trattorias d'autrefois n'avaient en général aucune formation professionnelle. Et quand on n'a pas de formation professionnelle, en cuisine on se retrouve à faire les choses les plus stupides, inimaginables et dangereuses. Pour la première fois de son histoire, l'Italie des années soixante était en passe de devenir un pays moderne, et il fallait qu'elle le devienne aussi dans ses restaurants. Cependant, les aubergistes et les cuisiniers étaient autodidactes et avaient leurs façons de faire : il fallait leur imposer des obligations strictes.

Mais ce n'est pas tout : la cuisine italienne est, dans bien des cas, anthropologiquement inadaptée aux restaurants. C'est un mouvement unique qui part de la matière première et arrive jusqu'à l'assiette, et une interruption ou une pause imprévue pourrait tout gâcher[1]. Songez à la polenta et au risotto, qui nécessitent plus d'attention qu'un lapin nouveau-né.

Cela ne veut pas dire que ce sera toujours mieux à la maison : dire que l'on mange toujours mieux à la maison, c'est comme dire que les toilettes de la maison sont le meilleur endroit au

1. Cela dit, il y a des plats qui, comme moi, s'améliorent considérablement après une bonne nuit de sommeil : les courgettes *alla scapece*, la caponata, la *ribollita*, les boulettes de viande en sauce, les sardines en *saor* et, bien sûr, les aubergines à la *parmigiana* : elles sont très faciles à servir, saines et délicieuses, et devraient toujours avoir leur place dans le menu d'une trattoria. Ce n'est évidemment pas le cas, car ce sont des plats qui nécessitent beaucoup de travail durant la phase de préparation.

monde pour satisfaire ses besoins biologiques. Il est clair que nous y sommes plus à l'aise, mais c'est une chose personnelle, pas un critère objectif. Et si, quand nous allons à la trattoria, nous en ressortons toujours moyennement satisfaits, c'est parce que nous attendons d'elle qu'elle soit les toilettes de notre maison. Mais ce n'est pas possible et ça ne sera jamais le cas.

En tant que clients, nous devons apprendre à exiger des lieux où nous allons dîner les mêmes attentions que nous exigeons chez nous. En tant que chefs et cuisiniers, nous avons en revanche une merveilleuse opportunité : prendre en main la plus grande tradition gastronomique domestique, l'utiliser pour inventer la prochaine forme de notre artisanat, puis raisonner avec vous sur la structure parfaite de nos toilettes.

Et si le bon vieux temps, c'était maintenant ?

Je ne me rappelle absolument rien du voyage en train de Rome à Milan, car il était très tôt et, la veille au soir, comme on l'a vu, il était très tard. En revanche, je me rappelle très bien avoir longé les couloirs et les souterrains de Milano Centrale le souffle court, traînant mes trop nombreuses valises mal faites, remplies de livres, de couteaux et de pierres japonaises à aiguiser, dont je ne me sépare jamais et qui pèsent un poids absurde. Je me rappelle m'être dirigé en tirant mes bagages derrière moi vers les portes en verre coulissantes du métro, oubliant comme toujours que, bien sûr, je n'avais pas de ticket. Découragé, dans ce no man's land traversé en tous sens par des gens qui savent où ils vont, je m'apprêtais à bourrer mes effets personnels de coups de pied apathiques comme je le fais dans ces cas-là, à les pousser sur le sol puis à faire la queue au distributeur de tickets, tout en grommelant quelque chose au sujet des machines qui ne fonctionnent pas et du type de personnes qui ne savent pas, qui ne sauront peut-être jamais comment les utiliser.

Pourtant, alors que j'allais flanquer un premier coup de pied dans mon sac de voyage, le regard concupiscent toujours posé sur les tourniquets du métro, j'ai cru reconnaître à droite de certains d'entre eux – pas tous – des boîtiers noirs qui dépassaient. À cette distance, les boîtiers ressemblaient à des phylactères, ces petites boîtes carrées renfermant les bandes de parchemin sur lesquelles sont inscrits des versets de la Bible, que les juifs orthodoxes portent au bras gauche et sur la tête pendant la prière du matin. Et, en voyant ces boîtiers, qui étaient tout juste perceptibles à mon regard myope, je me rappelle m'être approché et m'être dit, empli d'espoir et de conviction : « Avec un peu de chance… »

J'ai sorti ma carte bancaire, je l'ai posée dessus et – à mon grand étonnement – ça a marché. Je n'étais pas préparé à trouver Milan ainsi, je n'y croyais pas ; non pas à tomber sur une bonne idée devenue réalité, ce qui arrive souvent, mais une bonne idée qui – une fois devenue réalité – *fonctionne*. J'avoue m'être senti un peu ému et avoir imaginé les jours grandioses qui m'attendaient. J'étais préparé à cette ville, où la moitié des gens qu'on croise connaît les personnes vraiment importantes, tandis que l'autre a même entendu parler de personnes importantes qui n'existent pas.

C'est aussi la ville où la moitié de mes camarades de lycée ont fait leurs études et, pour cette raison, je n'avais pas l'intention d'y aller. J'avais le sentiment que c'était un choix banal, nullement exotique ou aventureux ; alors que j'en ignorais tout, je pensais que c'était une ville assez prévisible et, si je suis allé à Paris, c'est en grande partie parce que c'était loin, tandis que Milan n'était pas assez loin.

J'avais donc décidé de ne pas y vivre et, en effet, je n'y ai jamais passé plus de trois jours d'affilée. Cependant, chaque fois que j'y ai séjourné au cours de ces dix années, le cuisinier en moi s'efforçait de humer l'air. Je pense avoir un instinct pour ces choses-là : d'un point de vue gastronomique, Milan m'a toujours fait l'effet d'une ville particulièrement fade, trop occupée pour se soucier de manger. Une ville trop pressée de ressembler à une *vraie grande ville*, qui tient à rappeler au reste du pays qui l'entoure en quoi elle est différente, et donc fatalement incapable du mépris suprême qui caractérise les vraies grandes villes.

Dans l'histoire de la grande cuisine de ces vingt dernières années, il y a eu Paris, qui a inventé une nouvelle façon, frugale et élégante, de bien manger ; il y a eu Copenhague, qui a montré à tous les cuisiniers du monde qu'on trouve toujours quelque chose de bon autour de soi ; et puis il y a eu Milan, qui s'est gavée de sushis pendant vingt ans. J'ignore comment c'était possible, « le meilleur restaurant indien de Milan » était toujours en bas de chez l'ami qui m'hébergeait, même si les amis qui m'ont hébergé étaient nombreux et vivaient dans des quartiers très différents. Et que l'indien en bas de chez eux était toujours mauvais. À Milan, je voyais sans cesse des dizaines et des dizaines de trattorias toscanes gérées par des familles de Bergame ou de Calabre, et je m'ennuyais terriblement.

Puis, au début de l'été 2015, je suis tombé sur la photo d'un plat servi dans un restaurant milanais dont je n'avais jamais entendu parler et, devant cette photo, j'ai ressenti la même sensation que quand on plante son couteau à huîtres au bon endroit, qu'on tourne et, *tac* : l'huître s'ouvre enfin.

J'ai alors conseillé à tous mes amis milanais d'aller dîner dans ce nouveau restaurant, Trippa, qui prétendait être une trattoria et que j'imaginais déjà complet tous les soirs. Ce plat, que je n'avais pas mangé mais seulement vu en photo, était du *vitello tonnato*, du rôti de veau à la sauce au thon. Six mois plus tard, c'était devenu un sujet de conversation inévitable.

Autrefois, non seulement le *vitello tonnato* était gris et sec, mais on le recouvrait presque toujours d'une coulée de mastic étalée à la truelle. J'aimais ça, comme j'aime encore celui que font ma mère et ma grand-mère, mais la façon dont il est préparé est à l'opposé de ce que j'ai appris et ce que je pratique, moi, et je ne peux donc plus le servir ainsi. Au contraire, le *vitello tonnato* de Trippa est rôti à la poêle et cuit à basse température pendant dix heures, ce qui lui permet de rester rosé et très tendre ; la sauce au thon est une mayonnaise montée au siphon comme une crème Chantilly, ce qui la rend légère et mousseuse. Et il y a les câpres, l'huile, le sel et le poivre. Pas un seul ingrédient ne sort du strict canon familial du *vitello tonnato* : rien d'exotique, rien d'hérétique. Ce n'est pas un plat revisité. Puis on l'observe : c'est une rose, les tranches de viande semblent s'être enroulées par hasard sur elles-mêmes, chacune d'une manière différente, voluptueuses et tendres. Quand l'assiette arrive devant vous, c'est une grande fleur de viande et de mayonnaise, avec des câpres en lieu et place du pollen. C'est comme revoir après de nombreuses années un camarade de lycée qu'on se rappelait un peu minable, boutonneux et timide, et finalement le retrouver droit comme un I, la barbe bien soignée, et comprendre qu'il est heureux, qu'il a trouvé son chemin. On ne l'aurait jamais imaginé ainsi, mais il n'y a aucun doute : c'est lui.

Chez Trippa, une brigade de six cuisiniers prépare à manger : le premier s'appelle Diego Rossi et, pendant quelques jours, le dernier, ce sera moi.

Diego Rossi fait partie de ces gens qui vous donnent faim rien qu'à les regarder. C'est dû à sa façon de bouger, de gesticuler. Quand j'arrive, il fait rôtir une queue de bœuf qu'il va préparer à la *vaccinara* et je trouve ça beau. Car ce matin même j'étais à Rome, et commencer mon étape milanaise par une recette romaine me rassure quant aux petits et grands impondérables qui rythment nos vies. Aujourd'hui, j'ai décidé de regarder et c'est tout, même si je suis en cuisine : comme je l'ai dit, je veux comprendre les mécanismes, qui fait quoi et où, afin de mieux m'intégrer demain. La vérité, c'est qu'en arrivant je me suis rendu compte qu'ils étaient tous habillés comme de vrais cuisiniers, avec des coiffes pour se couvrir les cheveux et des vestes blanches propres. Je n'ai pas de coiffe, moi, à Rome je portais un bandana à fleurs qui m'est cher, offert par l'une de mes stagiaires de retour du Japon. Ici, le bandana ne serait pas à sa place, il n'est pas question de travailler avec les cheveux au vent, et la seule veste blanche que j'ai, je l'ai tachée de sauce *pajata* l'autre jour, puis j'ai oublié de la laver.

Alors je reste là, je tourne autour du chef et de temps en temps je lui passe une gousse d'ail ou la râpe à fromage, mais surtout je regarde ce qu'il fait et j'écoute ce qu'il dit. On est à deux semaines de Noël, Diego a pris le contrôle de la musique et s'abandonne à l'un de ses *guilty pleasures* : les chants de Noël. Chaque fois qu'il s'éloigne un peu, les autres essaient de faire taire cette interminable série de *Merry Christmas* et de *Feliz Navidad*, mais en vain, chaque fois qu'il revient il les remet. La cuisine de Trippa est bien rodée, chacun sait ce qu'il a à faire et le fait, en préparant les bases pour les pâtes, les risottos, les accompagnements, etc. Diego dirige tout depuis son poste et semble savoir à chaque moment ce qui se passe aux autres. Mais il y a des choses que lui seul peut faire et qu'il prépare du début à la fin, dont le *vitello tonnato.* En la matière, il existe une règle qui met parfois les clients un peu en colère : lui seul le fait et si, pour une raison ou une autre, il n'est pas en cuisine ce jour-là, qu'il est en Turquie pour un festival ou que c'est son anniversaire, alors pas de *vitello tonnato*. L'autre chose dont il s'occupe en personne, ce sont les plats hors carte, qui sont presque toujours à base d'abats et d'entrailles.

Dans un animal qu'on a décidé de manger, on trouve un peu de tout : des morceaux qui sont prêts et qui, parfois, sont bons même crus, tels quels. Par ailleurs, dans tout animal, beaucoup d'autres morceaux ne peuvent pas être consommés et certains sont jugés presque unanimement non comestibles. Selon la tradition et le langage secret des bouchers, la plupart des quadrupèdes sont divisés en quartiers : à chaque quartier correspond une patte, deux devant et deux derrière.

Mais les bouchers, les vrais, savent parfaitement qu'il existe aussi un cinquième quartier, qui regroupe les autres pièces. Une tradition séculaire, liée au fait que certaines personnes sont plus importantes que les autres, destine à l'aristocratie et aux personnes les plus riches les parties « nobles » de l'animal, celles qui sont plus faciles à cuisiner, le reste allant aux classes inférieures. Après avoir tué la bête, le paysan donnait les quatre premiers quartiers au maître et gardait le cinquième pour lui. Les pièces qu'il gardait étaient étranges, laides, elles sentaient parfois l'étable, la pisse ou la merde : ce sont des morceaux qu'on doit travailler un peu plus, car ils demandent plus de soins, plus d'expérience, il faut les étudier, les connaître et s'en occuper. Ce sont aussi des pièces plus fragiles, qui se dégradent plus rapidement. Toutes les grandes traditions gastronomiques sont riches en plats et recettes à base de ces petits morceaux d'animaux, peut-être parce que les pauvres ont toujours été beaucoup plus nombreux que les riches. Ensuite, l'industrie alimentaire a inventé l'élevage intensif et nous a fait croire que nous pouvions tous manger chaque jour ce qu'autrefois seuls les riches savouraient.

Le résultat, c'est que plus de la moitié des personnes que je connais se couperaient un doigt plutôt que de manger des tripes. J'en mange, car j'ai grandi dans l'une des innombrables familles où les grand-mères cuisinaient et cuisinent encore, où elles ressentaient le besoin de perpétuer ces rituels et ces consistances paysannes, pour se souvenir de ce que nous avions été. Mais surtout parce que les abats sont bons.

Pourtant, la question n'est pas de savoir s'ils sont bons ou pas. Quand nous mangeons, nous ne mangeons pas des saveurs, des goûts, des *textures** ou des consistances : dans la plupart des cas, nous mangeons l'*idée* de ce qui se trouve dans notre assiette, nous mangeons les symboles que notre culture et notre éducation nous ont transmis, à travers cette assiette et ce petit morceau d'animal ou de végétal. En l'occurrence, les abats ont été inconsciemment rangés – pour beaucoup d'entre nous – parmi les choses de ce monde qui nous semblent vieilles, ignorantes, stupides ou incompréhensibles, comme les campagnes anonymes, les étrangers, les banlieues et les légumes aux formes bizarres.

Outre son talent gastronomique, l'une des choses que j'envie le plus à Diego est sa collection de chemises colorées : unique en son genre, elle va de la flanelle à carreaux country chic à Merlin l'Enchanteur en virée à Honolulu. À l'époque où il avait mon âge, c'est-à-dire il y a cinq ans à peine, c'était déjà un brillant espoir de la grande cuisine italienne. Après avoir fait ses classes dans plusieurs bons restaurants, il reçoit un appel d'un autre jeune chef qu'il connaît bien, Juri Chiotti. Ils avaient travaillé ensemble chez Norbert Niederkofler, dans le Haut-Adige, alors que Juri n'avait pas encore de barbe et que les cheveux de Diego étaient aussi épais et rebelles qu'un pied de scarole. Juri est à ce moment-là chef dans un restaurant de Cuneo, Delle Antiche Contrade, et propose à Diego de se joindre à lui. Diego accepte, et ils sont si jeunes et tellement amis qu'ils tombent presque aussitôt d'accord sur le fait que la hiérarchie ne les intéresse pas, ils essaieront d'être chefs tous les deux. (Ce n'est pas une chose qui arrive souvent, dans le monde à la hiérarchie militaire comme celui de la grande cuisine : une fois, j'ai essayé de partager le poste de commandement avec l'une de mes collègues, et je pense que si elle avait pu, à la fin elle m'aurait tranché la gorge.) En outre, ils n'ont aucun doute sur le type de cuisine qu'ils veulent faire : une cuisine pauvre, à base d'herbes sauvages qu'ils cueillent eux-mêmes dans la campagne et les vallées environnantes. Ni l'un ni l'autre n'ont envie de préparer du filet de bœuf et du foie gras, ils sont même très curieux d'explorer ce qu'on considère comme les parties les plus cachées des animaux. Delle Antiche Contrade obtient une étoile au Michelin. Et dans les sommets les plus hauts et inaccessibles de la cuisine italienne, ceux qui scrutent les étoiles se mettent à murmurer de plus en plus souvent le nom de ces deux gars.

En réalité, l'un de leurs plats est tout sauf un murmure. Très vite, Diego et Juri mettent à leur menu une assiette appelée tout simplement « pain et abats » : le pain joue chaque fois un rôle différent (parfois un croûton, ou on peut s'en servir pour adoucir une boulette de viande, pour lier une sauce) ; quant aux abats utilisés, tout dépend de ce qui est disponible ce jour-là. Et c'est sur le modèle de ce plat qu'ils décident de frapper un grand coup : ils sont invités à un festival où ils croiseront la crème des grands chefs italiens et où tous deux savent peut-être déjà qu'ils auront un peu de mal à répondre aux questions des journalistes, car de nos jours, une fois qu'on a des cals aux mains, on doit commencer à s'en faire à la langue. Mais leur idée, disons-le ainsi, parle d'elle-même : sur le modèle de ce pain aux abats, ils présentent un pain accompagné d'utérus de vache coupé en dés.

Le nom du plat ?

Pain et chatte.

Bouillis, avec du citron.

C'est tout ce qu'ils avaient à dire. Le petit boucher de Boves chez qui ils se fournissaient en viande bovine, Marco Martini, devient en deux ans l'une des vedettes de la boucherie italienne, et ceux qui scrutent les étoiles commencent à se demander quelle sera la prochaine étape pour ces deux-là.

Mais les routes de Juri et Diego se séparent, toutes deux s'éloignent des Antiche Contrade. Les montagnes manquent à Juri et il va donc y gérer un refuge. Diego, lui, a rencontré un type qui était cadre dirigeant dans une compagnie pétrolière, un passionné de vin et de cuisine, et ils décident d'ouvrir ensemble quelque chose à Milan. Ce jeune cadre s'appelle Pietro Caroli, l'autre moitié de Trippa.

« J'ai ouvert une trattoria parce que je ne savais pas où aller manger. Et je voulais manger des abats, des morceaux de viande autres que l'entrecôte et le filet », me raconte Diego en faisant frire des langues de morue, qu'il plongera ensuite dans une marinade de vinaigre, de vin et d'oignons, sur le modèle des sardines en *saor* vénitiennes. Il me fait goûter une langue de morue chaude, et en goûte une lui aussi : c'est intéressant, je commente, même si je trouve la consistance plutôt caoutchouteuse. Mais je suis heureux d'avoir goûté. Pour Diego, cette consistance est une merveille, tout comme les œufs de seiche, les *garusoli* – des escargots de mer dont la coquille est pleine d'épines – et les *morette*, des saucisses typiques de Vérone faites avec du sang et du foie de porc, qui lui rappellent son enfance.

« On a décidé de s'appeler Trippa : pour les tripes qui sont toujours au menu, bien sûr, car de tous les abats, ce sont les plus sains et surtout les plus abondants, et donc, à mon avis, il est juste d'en manger souvent. Mais aussi parce qu'en italien, tripes est synonyme de substance, de gourmandise... Tu sais, comme dans le proverbe : il ne faut jamais s'épouvanter, à moins qu'on ne voie ses tripes dans son giron. »

Oh, bien sûr, je vous entends d'ici : vous pensez que tout cela n'a rien à voir avec vous. Vous ouvrez le frigo et vous choisissez, que sais-je, un steak de Fassona, car vous voulez crier à la face du monde que chez vous, vous mangez ce que vous voulez, et que ces choses des soi-disant grands chefs ne vous intéressent pas : ce que vous mangez chez vous ne dépend que de vous, de personne d'autre.

Mais vous ne savez pas que l'histoire de ce

steak de Fassona commence il y a au moins trois siècles, quand des paysans et des éleveurs de bétail du sud du Piémont ont remarqué que certaines de leurs vaches avaient de très grosses cuisses et une sorte de bosse supplémentaire sur l'épaule. C'était une anomalie génétique, une forme d'hypertrophie musculaire, et ces vaches plutôt monstrueuses inquiétaient les éleveurs, qui craignaient que ce ne soit une maladie grave. Après plusieurs décennies de méfiance à l'égard de ces vaches à deux bosses et à grosses cuisses, les éleveurs et les paysans ont compris qu'il n'y avait pas de problème, au contraire, car lorsqu'on faisait du bœuf bouilli, il y avait beaucoup plus de viande et cette viande était vraiment bonne. Le reste, on pouvait le vendre et s'acheter un chariot neuf un an plus tôt que prévu.

Vous ne savez pas davantage qu'au XIXe siècle, les Piémontais ont commencé à appeler *fassone* les vaches de cette race à grosses cuisses, car les marchands français qui venaient acheter leur viande l'appelaient *viande de bonne façon**, ce qui ne veut à peu près rien dire, si ce n'est « viande comme il faut » ou « bien faite ». Bref, c'était une manière de se comprendre entre paysans et marchands qui ne parlaient pas la même langue mais voulaient de la « bonne » viande.

Puis de nombreux chefs et entrepreneurs ont fait connaître ces vaches un peu partout et en ont parlé. Si je me souviens bien, il y a vingt ans, Davide Scabin voulait faire savoir à tout le monde que l'escalope panée n'était pas seulement milanaise mais aussi piémontaise. Il a donc préparé un plat très célèbre appelé « *fassona al camino* », qui n'était rien d'autre qu'un épais steak pané aux gressins servi en gros morceaux, sur un lit d'herbes fumantes et parfumées.

Et je vous vois déjà, dans quelques années, regarder le menu d'un grill de seconde zone, ou choisir de la viande au supermarché, et au lieu d'acheter les habituelles côtelettes ou la « pièce de boucher » (autre expression qui ne veut rien dire), peut-être que vous achèterez ou commanderez un morceau de hampe de bœuf bien plus savoureux que le filet, aussi très tendre et beaucoup moins cher. Ou peut-être même achèterez-vous de l'utérus de veau. Et vous le ferez en vous sentant différent, en ayant le sentiment de faire un choix alternatif ; mais ce n'est pas vous qui avez choisi cette hampe de bœuf : Diego Rossi l'a choisie, nous l'avons choisie, nous, les cuisiniers et les chefs.

Le deuxième jour, je commence enfin à faire quelque chose.

On me donne à nettoyer des légumes qui, en cette saison froide, sont presque tous des crucifères.

Aujourd'hui, il y a un autre visiteur extraordinaire en plus de moi. Il vient de Zelo Buon Persico et travaille dans un pub à Crema, c'est-à-dire pratiquement là où je suis né : c'est un ami de Sebastiano, le sous-chef, il vient ici tous les mardis soir depuis un moment pour apprendre de nouvelles choses et nettoie donc les choux avec moi.

Il y a le brocoli *fiolaro*, un légume de Vénétie que Diego est très fier de servir et qui ressemble à tout sauf à un brocoli : c'est un gros bulbe de feuilles lancéolées, à mi-chemin entre les feuilles de fougère et celles de chicorée. Il s'appelle ainsi car, si on le regarde bien, c'est un agglomérat d'innombrables petits bourgeons qui reproduisent à échelle réduite la forme du légume entier, comme si le plus gros chou serrait ses petits dans son giron : de fait, c'est comme ça qu'on l'appelle car, dans le dialecte de Diego, *fioi* veut dire « enfants ».

Ensuite, il y a un autre légume très commun en Campanie, mais presque inconnu ailleurs : certains l'appellent « chou *spigarello* » et d'autres lui donnent un nom superbe, la « soupe noire ». Il est très similaire au brocoli *fiolaro*, mais ne le dites pas à Diego, qui a vérifié au moins cinq fois dans l'après-midi que je n'ai pas mélangé les deux.

Comme son nom l'indique, la soupe noire est plus foncée et les feuilles sont plus frisées : son nom reflète clairement la façon dont elle est traditionnellement utilisée, c'est-à-dire pour faire de la soupe. Diego m'a expliqué en détail comment je dois la nettoyer : à la base de chaque longue feuille se trouve une tige tout aussi longue, que je dois couper au bon endroit. Je dois sentir et palper du bout des doigts le point exact où la tige coriace se ramollit, car elle se prépare à devenir feuille : c'est là que je dois la détacher. Chaque légume doit être ébouillanté pendant quelques secondes dans de l'eau très salée, car seul le sel enlève l'amertume du chou ; ensuite, je dois les refroidir dans de l'eau glacée, puis je dois les presser soigneusement et les diviser en petites touffes que, si nécessaire, je ferai sauter au dernier moment dans une poêle avec un peu d'huile et d'ail.

Si je laisse la tige la plus longue, par exemple, ce sera un problème. Bien sûr, c'est ce qui se passe : les feuilles sont trop dures, il faudra les faire revenir trop longtemps à la poêle et elles seront gâchées. C'est ma faute. Pire encore, lorsque Diego touche la soupe noire que je viens d'ébouillanter et de presser, il remarque qu'elle est encore un peu chaude, ce qui signifie que je ne l'ai pas bien refroidie, et il me regarde de travers.

Dans les minutes qui suivent, je commets d'autres erreurs, et les regards que me lance Diego deviennent de plus en plus noirs. Même si je suis loin de son poste, il semble voir tout ce que je fais et être capable de prévoir mes faux pas. Dans le même temps, je suis moins concentré sur ce que je dois faire, car mon esprit est occupé à imaginer les univers alternatifs qui pourraient naître de l'enchaînement inexorable de mes bourdes. Pour ne pas déranger davantage Diego, je demande à mi-voix à chacun de mes voisins s'ils pensent que je fais ce qu'il faut : dans la plupart des cas, ils ne prennent pas position, alors je partage mes doutes avec eux, de timides débats s'ensuivent et finissent par ralentir le travail de chacun. Ma vue commence à se brouiller, mon équilibre psychosomatique vacille, ma tête se remplit de nuages comme au printemps, durant les pires jours d'allergie.

L'heure du service approche. À présent, je marche sur les pieds de tout le monde, et je finis par renverser une casserole pleine de graisse sur le dos d'Andrea, le chef des hors-d'œuvre qui, bizarrement, continue quand même de m'apprécier. En revanche, Diego ne me supporte plus, c'est évident.

Lorsque le service commence, je m'approche discrètement de lui et je dis que je ne veux pas voler la place de l'autre stagiaire, qui a fait soixante-dix kilomètres pour être ici ce soir. Je préfère lui laisser la mienne et éviter de déranger les autres dans la circulation. Il me dit que j'ai sans doute raison et que je dois dans tous les cas me sentir libre, si bien que je m'en vais. Je descends au vestiaire et je me change. Quand je reviens, la salle est presque pleine. Je signale à mes collègues que je m'efface gentiment derrière ceux qui n'ont que ce soir pour rapporter chez eux le souvenir de quelque technique secrète. En gros, je m'enfuis.

J'envoie des messages à tour de bras à tous les gens que je connais et dont je sais qu'ils sont à Milan pour essayer de passer la soirée avec quelqu'un et ne pas sombrer dans cette forme particulière de découragement qui se manifeste quand on baisse les bras au dernier moment devant l'obstacle. Aucun de mes amis n'est libre, bien sûr. Je continue de marcher le long des avenues sans regarder où je vais et sans but précis. Je ne vais nulle part, je cherche des lumières, de la vie, et je finis par m'installer dans un restaurant bio presque vide et guère attirant. J'essaie d'écrire un peu, de lire, mais ça ne fonctionne pas.

Combien de fois m'en suis-je tiré ou ai-je cru m'en tirer de cette façon ? On parle beaucoup du stress en cuisine, des horaires épuisants et des conséquences de ceci ou cela sur les personnes qui travaillent. On en parle, fort heureusement : car dans de nombreux cas, cuisiniers et plongeurs sont encore trop mal payés et peu ou pas respectés ; dans notre secteur d'activité, de nombreux chefs et hommes d'affaires sont des aberrations humaines. Souvent ils le deviennent par manque d'expérience et de capacités, car la tâche qui les attend dépasse de loin leurs compétences et, au lieu de le reconnaître, ils déversent leurs insuffisances sur les plus faibles.

Diego n'est rien de tout cela. Il a choisi de n'ouvrir qu'au dîner afin d'avoir, comme ses employés, des horaires décents et réguliers, de sorte que chacun travaille dur mais dans la sérénité, sûr de pouvoir se reposer le lendemain matin. Ce n'est même pas un monarque capricieux : il est juste très exigeant, a une idée claire de la façon dont certaines choses doivent être faites et veut donc qu'elles soient faites ainsi.

Certains de ses regards me glacent le sang, quand je mets trop de fromage sur un bol de soupe, par exemple, mais trente secondes plus tard il plaisante de la même manière avec moi et les autres. Il n'y a pas de rancune dans ses réprimandes, mais ce sont bien des réprimandes. Et ses réprimandes sont hilarantes.

Sa rigueur et son exigence s'accompagnent d'une vocation didactique étonnante, surtout de la part d'un chef qui n'a pas encore trente-cinq ans : quoi qu'il se passe autour de lui, il sera toujours prêt à vous expliquer que les ris de sanglier trop gros ne sont pas bons, et à vous en exposer les raisons en détail. Si on n'a jamais travaillé dans une cuisine professionnelle, on ne peut pas comprendre à quel point c'est rare. Mais je le sais, moi. De nos jours, les grands cuisiniers sont toujours en tournée, dans les festivals et les *cooking shows*, à la télévision où ils font souvent mauvaise figure ou, plus souvent encore, se révèlent formidablement ennuyeux. J'ai assisté en personne à une leçon de cuisine que Diego a donnée à Paris : il avait emporté un demi-chevreau dans sa valise (je ne plaisante pas) et, en quarante minutes, il a préparé six plats, déclenchant une crise de nerfs chez la traductrice-interprète avec toutes ses explications. Je pourrais rédiger une thèse à partir de ces quarante minutes et de ce demi-chevreau.

Il y a des jours où je me réveille au milieu de la nuit et où je commence à dessiner sur un cahier ce que sera le restaurant que j'ouvrirai un jour. Et ce restaurant, ces plats et ces menus ressemblent beaucoup à Trippa et à ce que fait Diego. Quand je m'en rends compte, je me dis que je dois peut-être y réfléchir un peu et attendre d'avoir une idée vraiment à moi. Mais surtout, je m'en veux encore plus d'avoir filé en douce.

Le lendemain, je découvre ce que j'ai raté la veille en m'en allant : quand je remonte du vestiaire, habillé de pied en cap et déterminé à ne pas faire les mêmes erreurs qu'hier, je vois entrer quatre personnes qui transportent péniblement un énorme sac ; peu après, une cinquième arrive avec un sac plus petit. Avec une extrême difficulté, nous arrivons tous ensemble à poser l'énorme sac sur le plan de travail et à déballer son contenu. C'est un sanglier qui pèse quatre-vingts kilos. Le plus petit sac contient un chevreuil, mais le chevreuil attendra. Nous nous approchons tous, nous sommes douze. Diego prend les couteaux et annonce que ce sera compliqué, car il est encore en pleine rigidité cadavérique, les muscles sont donc très durs et contractés. J'ai l'impression que quelque chose m'échappe, mais je ne dis rien et j'observe, jusqu'à ce qu'on sollicite mon aide, car la bête est grande et il faut l'immobiliser pendant que Diego la dépèce.

On me corrige aussitôt. On ne dit pas *dépecer*, on dit *découper*.

« Regarde, Tommy : voilà comment un cuisinier découpe du gibier. »

Découper comme un cuisinier, par opposition à ce que ferait un boucher, signifie laisser le moins de viande possible sur les os et, dans le même temps, faire des coupes propres et linéaires, en entaillant le moins possible les muscles, afin de ne pas les abîmer et de préserver l'élégance des formes naturelles.

Je demande pourquoi il n'a pas de tête et si on n'a pas pu en tirer quelque chose de bon à manger.

« Eh, mon pote, ils lui ont tiré en pleine tête : je ne prends que du gibier touché à la tête, sinon on ne sait jamais ce qu'on peut trouver dans les muscles. J'ai regardé celui-ci de loin et je me suis dit : je le veux. Et *boum.* »

Quelque chose m'échappe toujours. Je suis chargé de mettre sous vide le foie et le cœur de nos nouveaux amis, et je finis par comprendre ce que j'ai raté la veille au soir : après le service, vers 1 heure du matin, donc, Diego a pris sa voiture et est allé chasser dans l'Oltrepò Pavese. Et voici le résultat.

Il y a encore quelques langues de morue marinées au *saor* et sont arrivés deux tendons de bœuf : ce sont des sortes d'énormes grappes de graisse, noueuses et écailleuses, qui sentent l'étable. Nous les faisons bouillir dans beaucoup d'eau, avec du céleri, des carottes, des oignons et des aromates. On les laisse là tout l'après-midi et on les oublie une bonne partie de la soirée. Vers 22 heures, je m'approche des tendons de bœuf et

Diego s'en aperçoit (n'oubliez pas que, dans le même temps, il nourrit la deuxième quarantaine de personnes de la soirée, alors que je me promène en ne faisant rien ou presque). « Regarde s'ils sont cuits. C'est ça, sans te brûler… *Pas comme ça*, sinon tu vas te faire *vraiment* mal. »

Je me dis que c'est juste de l'eau chaude et qu'elle aura beau être chaude, elle ne sera jamais *si chaude que cela*. Mais c'est faux : elle *est* si chaude que cela. Car ce n'est pas seulement de l'eau : c'est de l'eau mélangée à beaucoup de graisse de bœuf et, contrairement à l'eau, la graisse peut atteindre des températures bien supérieures à cent degrés.

Je devrais m'en souvenir : il y a tout juste un an, j'ai failli mettre le feu à un bâtiment pour les mêmes raisons. En réalité, je n'étais pas dans la cuisine, j'étais devant la porte, en train de fumer et de parler au téléphone avec ma mère, juste avant le début du service. Trois heures plus tôt, j'avais mis à bouillir six *cotechini* pour le déjeuner du lendemain. Quand j'ai vu mon collègue se précipiter dans la rue en criant : « Tommaso, *fire, fire* ! », j'ai compris qu'il s'était passé quelque chose. La graisse très chaude que les *cotechini* avaient libérée dans le bouillon débordait de la marmite, elle avait coulé sur les feux et atteignait les anciens conduits de ventilation, sans doute pas très propres. Quoi qu'il en soit, les tendons de bœuf sont cuits, je ne me fais pas trop mal et je les refroidis, car ils sont pour demain.

Avant de partir, je fume une cigarette avec

Nello, le chef des hors-d'œuvre et de la friture. Je discute avec lui et continue de me battre contre un malentendu qui me fait très mal, un malentendu qui persiste depuis que je suis arrivé ici.

« Alors, t'es journaliste ?

— Encore cette histoire ? Mais non, je suis cuisinier ! J'ai dirigé deux restaurants à Paris. Je sais qu'on ne dirait pas, mais j'admire vraiment ce que vous faites et parfois ça me paralyse. Et puis j'ai l'impression de ne rien faire ou presque, parce que vous ne me laissez rien faire ou presque, et je ne veux pas vous déranger pendant que vous travaillez.

— Ah, j'avais pas compris. Mais tu déranges pas, c'est comme ça, c'est le travail. Les choses à faire, on doit les mériter.

— Je sais bien... Mais je ne suis pas venu ici pour vous impressionner ni pour impressionner qui que ce soit. Je suis venu pour comprendre ce que c'est d'être l'un des vôtres, même pour un petit moment.

— La seule façon de se sentir comme l'un d'entre nous, ici, c'est d'impressionner les autres. »

Le lendemain, les tendons de bœuf gras sont au menu et, comme c'est un nouveau plat que personne ne connaît, un petit groupe hésitant se forme autour de Diego pour voir ce qu'il va en faire : il pose ces monolithes de graisse sur la planche à découper, empoigne le couteau et les *regarde :* il les retourne entre ses mains, puis il tourne autour, comme quand, adolescents, on jouait aux jeux vidéo de course auto et que, pour prendre un virage serré, on ne bougeait pas seulement le volant, mais aussi les bras et tout le corps, écrasant son voisin de canapé.

Il les coupera en cubes assez gros et, dit ainsi, ça ne semble pas trop compliqué : pourtant, dans ses yeux et dans sa concentration, tandis qu'il coupe ces tendons comme lorsqu'on coupe plus ou moins n'importe quoi d'autre, il y a le joyeux doute de ceux qui semblent vouloir découvrir quelque chose que personne n'a jamais su et que lui seul, à présent, a une vague possibilité d'apprendre.

« J'aime bien reprendre des gestes et des habitudes que beaucoup d'entre nous ont encore à la maison et qu'on avait dans les trattorias d'autrefois : la tendance à mettre un filet d'huile et un peu de poivre partout, voire un peu de persil. Surtout le poivre, le poivre noir : c'est une chose que mon grand-père a toujours faite... Je ne peux pas résister, je dois en mettre partout, même sur le poisson. »

Nous sommes samedi et c'est mon dernier jour. Il ne reste qu'une semaine avant Noël et la fermeture. Au cours des deux dernières semaines, il y a eu au menu un hors-d'œuvre avec une petite portion de *cotechino*, des lentilles en sauce et des fanes de navets à l'huile. Mais en faisant ses calculs, Diego s'est rendu compte qu'il restait beaucoup de *cotechino*, sans doute trop, et qu'il risque d'en rester à la fin. Il décide donc de faire avec les *cotechini* un plat principal, qui nécessite cependant un accompagnement plus complexe et varié.

« Quand tu manges du *cotechino*, qu'est-ce que tu veux avec ton *cotechino* ?

— La *mostarda* de fruits, je réponds. Je viens de Crémone.

— Et ensuite ?

— Eh bien, des lentilles, de la purée, ce genre de choses…

— Exact. Avec le *cotechino*, on peut mettre beaucoup de choses : la vanille, la fève tonka, mais… comment dire, le *cotechino*, avec son goût, sa consistance collante et grasse, est plus fort que tout ce que je pourrai y mettre. Enfin, ce n'est pas le *cotechino* qui est plus fort, c'est l'*idée* du *cotechino*. Si j'ajoute des choses qui n'ont rien à voir, je te distrais, je te perturbe, presque, je perturbe ce que tu attends du *cotechino*, c'est-à-dire cette chose-là. Alors je peux mettre du chou, éventuellement brûlé, avec le *cotechino* ça fonctionne, car il rappelle le *cassoeula*, la potée milanaise, et puis du coing, qui rappelle la *mostarda*, et des lentilles, peut-être en purée ou frites.

Les histoires intéressantes sont faites d'obstacles, de failles, de chutes et de tentatives de se remettre sur pied. Par conséquent, pour les personnes et les histoires que j'essaie de raconter, heureusement ou malheureusement, la vieille règle s'applique : les restaurants qui marchent se ressemblent tous. On y mange bien, voire très bien. Mais ils sont ennuyeux. C'est une grande vérité, me semble-t-il, que l'on doit toujours garder à l'esprit si on veut raconter quelque chose. Mais cette grande vérité, je ne sais pas quoi en faire. Si vous avez affaire à une fiction et qu'une histoire est trop parfaite, trop belle, ce n'est pas grave : il suffit de la mettre de côté et de la remplacer par une autre.

J'ai connu beaucoup d'histoires qui mériteraient d'être racontées : de sombres *osterie* où rien ne marchait et des bistrots lumineux où c'est nous qui ne marchions pas ; des voisins hostiles qui défonçaient au marteau-piqueur le plafond, lequel est même tombé sous mes yeux au milieu des casseroles ; j'ai vu des collègues plus fragiles pleurer et je n'ai pas su les défendre ; j'ai participé à des coups d'État pour mettre quelqu'un dehors, je me suis fait passer pendant des années pour un grand chef que je n'étais pas et que, pour cette raison, je ne serais jamais ; j'ai blessé et j'ai été blessé. Mais ce n'est pas le moment, une autre fois peut-être.

Pour autant que je le connaisse, Diego n'a qu'une peur, je pense : celle de tomber. Il a peur d'être oublié, car il sait bien que la cuisine est un sujet dont tout le monde parle, mais dont très peu de gens écrivent l'histoire. Comme beaucoup de chefs, il a peur de ceux qui copient ses plats et ses idées. Non sans raison : après vingt ans de *damnatio memoriae*, le *vitello tonnato* est spectaculairement revenu à la mode, on en sert désormais partout, sous toutes les latitudes ; et il est souvent présenté comme le sien, avec des résultats esthétiques et gustatifs variables.

L'attention portée sur vous qui explose ; les notables et les éminences grises qui vous tournent autour et vous consacrent ; la pluie de coups de téléphone révérencieux et intrusifs : toutes ces choses remplissent les journées d'une fumée dangereuse. La boussole permettant de ne pas se faire avaler ne peut être que la passion profonde pour ce que vous faites.

On raconte qu'un des plus grands chefs italiens des dernières décennies passait la nuit dans sa cave à préparer la garniture des raviolis, seul, parce qu'il ne voulait pas que ses propres cuisiniers lui volent ses secrets. Diego n'est pas comme ça, car la passion pour les choses qu'il fait et pour ce qu'il découvre chaque jour est plus forte que la peur d'être évincé et de glisser au pied de la vague du succès.

En bref, la seule erreur que Diego pourrait commettre en ce moment serait de *ne pas devenir* le maître et le grand frère de nombreux jeunes qui veulent devenir comme lui. Ça vaut que ça vaut, mais pour moi, il l'est déjà.

Goût de frigo

Mais cette histoire parle aussi de choses mortes, d'espaces clos et de créatures infiniment petites. Les tout petits êtres vivants auxquels je pense ne sont en réalité guère différents de nous : dans la plupart des cas, pour bien vivre, ils ont eux aussi besoin d'espace, d'air et d'une certaine dose de liberté ; mais quand ils sont emprisonnés quelque part et dans certaines conditions, une partie d'entre eux découvrent que la vie sous contrainte peut être plus facile que la vie en liberté, ce qui est également le cas des personnes. Pour le reste, ils aiment être avec leurs semblables, même s'ils ne dédaignent pas la compagnie d'autres individus infiniment petits, parfois très différents d'eux. Ils se contentent de deux conditions de température assez répandues : il ne doit pas faire moins de dix degrés et pas plus de soixante. S'il fait plus froid, ils s'endorment, voire meurent, et s'il fait plus chaud, ils meurent presque tous. Quand la température est bonne et que personne ne les traque, ils sont exactement comme nous durant les belles journées de printemps : ils se promènent avec leurs amis, prennent l'apéritif, mangent avec appétit, tombent amoureux, se disputent furieusement et, surtout, se reproduisent. Comme nous, beaucoup d'entre eux mangent des choses mortes ; contrairement à nous, si elles sont *très mortes*, ils les apprécient encore plus. Quand ils mangent des choses très mortes, ils les font mourir un peu plus, car c'est leur rôle dans le monde : prendre des substances mortes compliquées et, en les digérant, les transformer en substances simples telles que l'eau, les sels minéraux ou le dioxyde de carbone. Concrètement, ils désossent le monde. Oui, ces êtres vivants sont nos semblables : ce sont les bactéries.

Mais parfois les bactéries se mettent à désosser des choses que nous avions prévu de manger et nous nous en apercevons rarement. En vivant leur vie, ils transforment ce que nous mangerons et produisent des déchets qui peuvent être un problème pour nous, ou même un danger. L'évolution nous a permis de reconnaître certaines de ces situations grâce à l'odorat. Pas toutes.

Le premier devoir de ceux dont la cuisine est le métier est de ne pas rendre les gens malades et, pour empêcher que cela n'arrive, les autorités compétentes veillent. Puis il y a d'autres devoirs : essayer de servir des aliments et des plats que notre corps peut facilement assimiler puis digérer et, surtout, qui n'entrent pas trop en conflit avec notre goût. Car les bactéries se mettent à désosser ce que nous mangeons bien avant de développer des toxines : les conséquences de ce phénomène ne sont pas dangereuses pour notre santé, mais elles le sont pour notre palais, produisant un phénomène familièrement connu comme le « goût de frigo ».

J'essaie de comprendre pourquoi désormais nous ressentons tous un tel besoin de manger et de boire « comme avant », alors qu'il faudrait d'abord comprendre comment était cet « avant ».

Les moments de gloire ne durent généralement guère plus de cinq minutes, c'est aussi le cas des trattorias populaires en Italie. Aujourd'hui, nous les prenons pour quelque chose d'ancien, qui remonte à la nuit des temps, mais ces trattorias ne sont nées qu'après la guerre car, avant, très peu de gens allaient au restaurant, seulement ceux qui pouvaient se le permettre, et les restaurants faisaient surtout de la cuisine française. Ceux qui voyageaient se satisfaisaient le plus souvent de l'unique soupe disponible dans ce qu'on appelait les *osterie* et qui étaient en fait un endroit où on se saoulait, en mangeant de la charcuterie et du fromage. Les trattorias populaires n'ont vu le jour que quand les gens ont enfin eu assez d'argent pour régler l'addition, c'est-à-dire dans les années soixante. Les deux tiers des citoyens italiens de l'époque étaient des enfants de paysans et, pour la première fois, beaucoup d'entre eux avaient l'argent nécessaire pour manger et choisir, chaque jour, ce que leurs mères et leurs pères avaient contribué à produire.

Je me souviens très bien du moment où les vieilles trattorias ont disparu. Dans les villes petites et moyennes en particulier, je les ai vues fermer l'une après l'autre : la liste des plats que mes amis et moi jugions comestibles raccourcissait de mois en mois et, à une époque, réussir à commander un plat digeste était devenu une vraie gageure. Les lamentations des restaurateurs têtus, elles, devenaient de plus en plus longues. L'addition présentée à la fin de la soirée dépendait du nombre de litanies qu'on était prêt à supporter. En revanche, dans les campagnes et autour des villes, beaucoup de ces trattorias n'ont pas bougé, mais nous avons oublié qu'elles existaient. Bien souvent, elles ont changé, se dégradant de jour en jour. Certaines sont restées semblables à ce qu'elles furent et ce sont des lieux précieux qui, sans faire de bruit, refont surface aujourd'hui comme autant de petites villes enfouies.

Ces vieilles trattorias avaient de nombreuses qualités : elles étaient bon marché, tout y était savoureux et servi dans de lourdes assiettes en porcelaine. C'étaient des lieux dont personne n'a jamais exigé ni créativité ni fantaisie, ce n'était tout simplement pas nécessaire, d'ailleurs ce n'était pas prévu : le menu s'en tenait naturellement aux produits de saison et, surtout, il suivait le rythme émotionnel plein de nostalgie de ceux et celles qui étaient en cuisine. Selon les latitudes, on s'attendait à manger des asperges, des oursins et des cèpes, avec la même impatience inquiète que quand on attend le cadeau d'anniversaire d'un petit ami distrait : on est à peu près sûr qu'il viendra, mais peut-être pas le jour même. Selon le climat et la géographie, on mangera donc des tripes ou de la cervelle, des poissons de lac qui ont un goût d'herbes sauvages ou des moules barbues crues et des citrons de mer. Les personnes âgées étaient ravies et les enfants terrifiés, mais on leur disait qu'ils comprendraient quand ils seraient grands. Le vin était la plupart du temps ordinaire, mais authentique et local, et surtout il ne donnait pas envie de s'arracher les cheveux le lendemain matin.

Puis les choses ont peu à peu changé : la vache folle a donné le coup de grâce, car les abats ont été interdits pendant quelques années et ne sont jamais revenus ; les trattorias familiales sont tombées entre les mains de jeunes héritiers qui ont jeté les assiettes en porcelaine et décidé de faire de la cuisine créative avec des assiettes design bon marché, avec des ardoises et beaucoup d'idées neuves qui, en réalité, étaient déjà vieilles.

Plus généralement, le processus en train de s'achever avait commencé plus de quarante ans auparavant. En 1979, l'hebdomadaire *L'Espresso* a publié pour la première fois son Guide de l'Italie, qui deviendrait l'un des guides gastronomiques les plus importants du pays. L'objectif affiché était de raconter une cuisine italienne *différente* de celle des trattorias populaires aux nappes à carreaux. La culture gastronomique italienne, riche mais imperméable aux autres traditions culinaires, s'ouvrait rapidement, s'efforçant de découvrir les plats venus d'ailleurs, avec un peu de courage et de curiosité certains jours, mais avec des grommellements et un certain scepticisme le reste du temps. Bien des choses ont changé depuis et, si j'avais été un jeune cuisinier dans les années soixante-dix, je me serais peut-être battu pour rendre la cuisine italienne plus internationale, voyant dans les trattorias quelque chose de vieux. Depuis, elle l'est devenue et moi, dans les années soixante-dix je n'étais pas né.

Voilà l'aspect le plus intéressant dans tout cela : tandis que l'antique trattoria survivait dans l'indifférence générale, voire agonisait en Italie, le reste du monde commençait à comprendre que la cuisine italienne n'était pas seulement faite de mauvaises pâtes à la carbonara et de *fettuccine* Alfredo : la clientèle des grandes métropoles qui faisait le tour du monde s'est mise à exiger une cuisine italienne authentique qui lui ferait découvrir des plats plus rares, avec une longue histoire et des gestes qui, pour un Suédois ou un Américain, sont d'une simplicité révolutionnaire.

Ceux qui, comme moi, ont grandi en Italie savaient faire ces choses, mais ils les considéraient comme allant de soi et, au bout de dix ans, nous avons fini par aller au restaurant résignés à être seulement assez satisfaits. Nous avons fini par préférer la solution la plus commode parmi les innombrables solutions médiocres, avec la conviction que, dans tous les cas, on mange mieux à la maison, oubliant que ce que les restaurants nous proposent dépend de ce que nous, les clients, voulons d'eux.

Comme le bistrot, le sushi bar et le burger club, la trattoria n'est pas simplement un *business model* : c'est une forme de vie, la forme que toute personne ayant grandi en Italie porte en elle partout où elle va et qui contient la meilleure cuisine maison du dimanche.

La forme de vie alimentaire que j'explore a une origine très simple : le point de départ est une famille ou un groupe de personnes qui aiment cuisiner et pensent bien savoir le faire. Puis, un jour, ils décident de le faire pour les autres. C'est ainsi qu'est né le modèle gastronomique de la trattoria, c'est-à-dire un restaurant où on mange comme à la maison. Le problème, c'est que cuisiner à la maison et au restaurant n'est pas la même chose, d'un point de vue technique et hygiénique : on se mettait à table avec la certitude de manger des choses savoureuses et abondantes, et on réglait l'addition en prévoyant une nuit agitée. On dépensait peu, on mangeait presque toujours bien et on digérait le plus souvent mal.

Il n'est guère difficile de stocker la nourriture soigneusement : deux machines suffisent. Deux outils permettent d'éviter la plupart des risques liés aux êtres infiniment petits : une machine sous vide suffit à les empêcher de se promener et de rester à l'air libre ; une cellule de refroidissement permet de minimiser le temps pendant lequel les aliments flottent à la température critique, c'est-à-dire entre dix et soixante degrés. Sans ces deux outils, guère romantiques mais essentiels, une cuisine fonctionne comme au XIXe siècle. Oubliez les guides gastronomiques et les classements arbitraires : il suffirait de mettre des autocollants sur la porte des lieux qui les ont (et s'en servent), et on saurait tous où manger vraiment bien.

Cela dit, même avec les techniques modernes, tout ne peut pas se conserver indéfiniment : si, sur un menu, on trouve quinze plats de pâtes différents et douze plats de viande ou de poisson alors qu'on est vendredi, telle sauce à la viande et tel rôti sont probablement au réfrigérateur depuis lundi. Sans parler des légumes : je suis désolé de le dire, mais un légume ébouillanté la veille et mal refroidi a un goût de pisse. On devrait apprendre à juger les endroits où on mange en fonction des accompagnements qu'ils servent : s'ils sont soignés, le poisson et la viande le seront forcément.

Ces questions relèvent de la responsabilité des restaurateurs et de la nôtre à nous aussi, les clients : attendre d'un restaurant qu'il ait un très large menu, c'est accepter de manger des choses vieilles ou surgelées. Chaque fois qu'on décide de ne pas aller dans un restaurant en estimant qu'il n'offre pas assez de choix, un jeune chef honnête raccroche les gants. Entre un large choix et la fraîcheur, cette dernière est *toujours* plus importante. Car la fraîcheur des produits, préparés et servis le jour même, traduit la fraîcheur des idées : si ce qu'on a préparé hier est fini aujourd'hui, on peut et on doit réfléchir à une autre vieille recette que tout le monde a oubliée.

Pour moi, cela signifie me réveiller le matin, voir qu'il pleut et qu'il fait froid, et concentrer toute l'attention et le soin possible sur un minestrone.

La trattoria est une affaire de liberté : liberté pour ceux qui mangent, mais aussi pour ceux qui cuisinent.

Cette solitude-là

C'est vrai : Juri avait bien dit que l'agneau avec la tache sur le museau était un peu rachitique. Je me dis que ce n'est pas entièrement ma faute et qu'il serait peut-être mort quand même. En tout cas, ce n'est pas moi qui l'ai tué.

Il y a six jours, quand nous avons nettoyé la bergerie, nous avons également construit des barrières pour l'isoler et permettre à l'agneau qui avait une tache sur le museau de boire et manger en paix, sans être bousculé par les moutons adultes ou, pire encore, devoir supporter la supériorité physique et l'exubérance de son frère en bonne santé. Les jours qui ont suivi, Juri m'a demandé de donner quotidiennement du foin et de l'eau aux moutons, ainsi qu'aux chiens, aux deux lapins, aux quinze poules, aux trois coqs et aux trois satanées oies.

À présent, le petit agneau avec la tache sur le museau est mort, annonce Juri en chuchotant pour moi seul. Comme je ne sais pas me taire, je le signale immédiatement au reste de la minuscule équipe qui fait fonctionner les lieux, c'est-à-dire Elisa, sa seconde en cuisine, et Typhaine, qui s'occupe de la salle.

Lui ai-je donné à manger le mauvais foin ? Ai-je oublié de le nourrir ? Non, voyons, ce n'est pas possible. Nous sommes dimanche, au déjeuner, et le restaurant est plein, les clients sont déjà assis, alors nous oublions provisoirement l'agneau avec une tache sur le museau. Je l'oublie moi aussi, car je dois préparer les amuse-gueules de bienvenue, des *crostini* grattés d'ail à la mousse de foie de cerf, avec une goutte de mélasse de caroube cuite. Nous regagnons tous notre place et nous mettons au travail, mais Juri, lui, n'a pas oublié l'agneau.

« Je dois appeler quelqu'un qui l'emportera. Moi, je l'aurais laissé là pour les renards, mais ce n'est pas possible. »

Je suis arrivé au seuil des trente ans sans avoir jamais fait ce qu'on appelait autrefois un « voyage d'agrément ». Bien sûr, j'ai voyagé, mais je ne peux pas prétendre avoir aimé ça.

Quand j'étais étudiant, j'avais le sentiment de ne rien faire ou presque : l'idée même de vacances me semblait plus ou moins immorale, car les vacances étaient pour les gens qui travaillent et sont fatigués. Une fois que j'ai commencé à apporter ma modeste contribution à la société, j'ai découvert que le simple fait de parler de vacances provoquait chez moi des crises de panique.

Désolé, mais je ne comprends pas pourquoi il faudrait se battre, physiquement et mentalement, *pour se reposer*. Si on a besoin ou envie de se reposer, me suis-je toujours dit, il suffit d'*arrêter de travailler* et de s'asseoir, durant les quelques jours où c'est possible ou prévu. Dans mon cas, comme j'ai toujours essayé de travailler en m'amusant et que, pour le moment, j'ai à peu près réussi à le faire, mes vacances idéales consisteraient à faire les mêmes choses que d'habitude, mais lentement, en gardant du temps à passer avec mes amis, à converser plaisamment, en m'efforçant de cultiver la paix intérieure que je n'ai pas encore su trouver. De toutes les pratiques incompréhensibles avec lesquelles vous, les autres, identifiez le loisir et l'évasion, celle que j'ai toujours détestée le plus est cette obsession d'atteindre des lieux insignifiants en grimpant.

Il m'a fallu tellement de temps pour gagner le val Varaita que c'est tout juste si je me rappelle l'endroit d'où je suis parti. De Milan, je suis allé à Turin et, de là, je suis redescendu en prenant deux autres trains locaux, changeant à Savigliano et arrivant à Saluzzo. Dans le dernier train, il régnait une atmosphère étrange, on aurait dit un voyage de classe verte, pourtant il n'y avait pas d'enfants. Le train était parfaitement propre et neuf, et cette appréhension mêlée d'excitation était renforcée par la présence de contrôleurs en spectaculaire surnombre. Ces personnes qui, en réalité, ne contrôlaient absolument rien, étaient au moins deux par wagon, elles portaient un gilet réfléchissant et ressemblaient plutôt à ces retraités qui, dans certaines villes, sont au service de la communauté et surveillent les passages piétons à la sortie des écoles.

Une fois à Saluzzo, il n'y a plus de train, car dans la direction où je dois aller les montagnes se dressent. Je me mets en route, à la recherche de l'arrêt du bus qui, deux fois par jour, traverse la vallée où je dois me rendre, mais je ne le trouve pas. Mon sac sur le dos et de grosses chaussures aux pieds, je m'éloigne de la gare et j'essaie de la contourner, en me fiant à un panneau qui indique que le bus que je dois prendre est bien par là. En chemin, je ne croise que des hommes seuls, d'âge moyen, pourvus d'une moustache, qui marchent très lentement et ressemblent presque tous à Mario Soldati. Il n'y a pas trace du bus et, après avoir franchi les portes d'un cimetière juif, je suis contraint d'admettre une chose qu'au fond de moi je pense avoir toujours sue. Dans les petites villes et les villages dénués d'intérêt touristique, les panneaux ont essentiellement un rôle décoratif, car ceux qui y sont nés n'en ont jamais eu besoin, et ceux qui les posent n'imaginent pas qu'on puisse ignorer le chemin vers des lieux dont tout le monde sait où ils se trouvent.

Je finis par débusquer l'arrêt, et le bus arrive. Le village le plus proche de l'endroit où je me rends s'appelle Frassino, pratiquement au centre du val Varaita. J'avais étudié le parcours : après une heure de route, le bus stoppe au début d'un petit chemin qui monte, et il semble faisable de couvrir ce dernier tronçon en un peu plus de vingt minutes. Je grimpe donc à pied, dans le noir. Après quelques dizaines de mètres, la route devient extrêmement raide, puis la pente se stabilise à un niveau parfaitement gérable. J'avance avec conviction dans la pénombre, c'est presque l'heure du dîner. D'après mes calculs, je devrais être à mi-parcours. Il n'y a rien autour de moi, je ne vois aucune lumière au-dessus de ma tête et je songe qu'il y a peut-être des loups.

« Bien sûr qu'il y a des loups. Mais ce n'est pas toi qui les intéresses, ils mangent les moutons. »

Pour une fois, je m'assieds à la table du dîner et je me sens comme un vagabond qui a enfin atteint son but. Je n'ai pas voulu choisir quoi manger, j'ai simplement dit : « Choisis, toi. » Aujourd'hui, ce sera donc un carpaccio de cœur de veau, avec de la polenta soufflée et des navets marinés ; des *ravioles* – qui, malgré leur nom, sont en fait des gnocchis – étroites, allongées, avec la pointe qui frise. Puis un coq à l'étouffée (« Demain, je te les présente. Enfin : je te présente les autres »), servi avec des pois chiches rouges, dont j'ignorais complètement l'existence. « À quelques kilomètres, il y a un type qui collectionne les graines de céréales inconnues. Il ne veut même pas les vendre, en réalité, il les cultive et les réensemence parce qu'il aime ça. Ça fait des mois que je l'encourage à faire quelque chose avec moi. »

En général, je suis du genre à ne pas prendre de dessert. Mais là aussi, je délègue la décision au patron, qui semble n'avoir aucun doute : « Eh bien, je dirais une panna cotta au foin. » Il me l'apporte et s'éloigne, prêt à vaquer à ses occupations, mais avant cela il me pose une colle : il veut que je trouve avec quel sirop il a aromatisé la panna cotta. Je ne crois pas avoir jamais rien goûté de tel, alors je donne ma langue au chat. C'était un sirop de pommes de pin pas encore mûres. Je me dis que je suis arrivé là où je devais.

Une fois les habitués partis, on me parle de ce qui sera ma maison pendant une semaine, c'est-à-dire le restaurant lui-même. Personne d'autre ne vit ici d'habitude, il n'y aura que moi. Rien que moi et les animaux qui survivront à mes soins inexperts.

Le val Varaita est l'une des nombreuses vallées qui partent du bas Piémont et se terminent à la frontière avec la France ; une frontière toute proche mais hostile qui serait, d'après certains, le col franchi par Hannibal pour entrer en Italie. C'est l'une des vallées occitanes italiennes et les gens qui y vivent parlent au moins trois langues : l'italien, le dialecte piémontais et le très vivant dialecte occitan alpin. Le problème, c'est que peu de gens vivent ici : plus loin, en direction de la France, ce sont des montagnes touristiques, où on va skier l'hiver et marcher l'été. Mais quand ils s'emparent d'un territoire, le tourisme et le sport ont tendance à garder ce dont ils ont besoin et à jeter le reste. En face du canapé-lit sur lequel je dormirai les prochains jours, une table est recouverte de livres. Beaucoup de ces livres sont des classiques de la culture gastronomique contemporaine, je les connais et je suis heureux de les avoir à portée de main sans avoir dû les glisser dans mon sac à dos ; il y a d'autres livres qui parlent des herbes sauvages et de la façon d'en trouver, d'autres encore qui parlent des nouvelles façons de penser avec les chèvres ; et il y a un autre type de livres, dont la présence est habituelle dans n'importe quel restaurant : je veux parler des publications « d'intérêt local », au design graphique souvent approximatif et au contenu généralement si ennuyeux et précis qu'il en devient émouvant. Il y a certains de ces livres, mais ils sont très beaux et remplis de photos. Je les feuillette attentivement, car ils semblent bien faits, et je découvre avec un certain étonnement qu'ils parlent presque tous de personnes qui sont parties et d'autres qui sont restées. En m'endormant cette nuit-là, je me dis que je dois raconter l'histoire de quelqu'un qui est revenu.

L'histoire de Juri Chiotti, j'en ai déjà raconté une partie. Nous l'avions laissé au restaurant Alle Antiche Contrade de Cuneo où – avec son ami Diego – il avait réussi un exploit tout à fait unique dans la grande cuisine, à savoir faire cohabiter deux coqs dans le même poulailler. En fait, plus qu'à deux coqs, Juri Chiotti et Diego Rossi ressemblent au rat des villes et au rat des champs de la célèbre fable d'Ésope. Si Diego se vante d'avoir « un fournisseur pour chaque produit » et passe pratiquement chaque jour libre à se balader en Italie afin de rendre visite à de nouveaux producteurs, le rêve de Juri est de tout produire lui-même. Alors que Diego s'apprêtait à ouvrir Trippa et à devenir célèbre à Milan, Juri Chiotti avait pris la tête d'un refuge à deux mille mètres d'altitude où il est resté pendant quatre ans. Mais au fond de lui, il avait un projet qui lui tenait bien plus à cœur et qui l'amènerait ici, à l'endroit où je suis à présent, où son père est né. Quand sa première fille voit le jour, il devient évident qu'il est temps de redescendre au cœur de la vallée.

En 2017, il ouvre une ferme-auberge dans la bourgade de Meira Brancia, sur le versant qui se trouve au-dessus de Frassino. Il décide d'appeler son premier restaurant Reis, ce qui signifie « racines » en occitan. « Ici, tout était redevenu sauvage, abandonné depuis des années. J'ai travaillé seul pendant des mois, à enlever les mauvaises herbes et à m'occuper des bêtes. Et il y a encore beaucoup à faire, sur les terres plus haut et en bas du restaurant. Mais il faudrait des années de pâturage de chèvres et de moutons : les gens ne le savent plus et ne le comprennent pas, mais ces terres ont *besoin* de l'homme et des animaux que nous élevons, et surtout de pâturages libres et durables. »

« Juri, dis-moi, tu peux m'expliquer la règle en matière d'éponges ? Il y en a une à utiliser pour les plans de travail et pas pour les tables de cuisson, et vice versa ? »

Juri s'approche et me fixe droit dans les yeux : « Tu sais, je ne suis pas aussi maniaque que Diego… Détends-toi. » Quelques minutes plus tard, il me demande de couper une dizaine d'oignons et me montre comment il veut que je fasse. Puis il s'éloigne et je commence à couper : quand j'enfonce le couteau pour la première fois, il me crie aussitôt depuis l'autre côté de la cuisine : « PAS COMME ÇA ! » Je frémis et le regarde avec inquiétude pendant qu'il se tord de rire.

Le plat qui, pour Juri, représente le mieux la vallée s'appelle *tuma, patate e aioli*. Il y a des pommes de terre, car dans les montagnes c'est ce qu'il y a de plus facile à cultiver ; l'aïoli est la marque cachée du territoire, une sauce commune à toutes les régions occitanes, des Pyrénées jusqu'ici, en passant par la Provence : l'aïoli, « ail-oli », est fait avec de l'ail, de l'huile et des œufs. Et puis il y a la *tuma* qui, pour Juri, est le *toumin dal Mel* : un fromage frais et simple, grand comme la paume de la main. La façon dont il est produit en dit long sur la raison qui a poussé l'humanité à inventer le fromage : le besoin de conserver le lait plus longtemps, surtout en été, quand il tourne rapidement.

Dans le village où le *toumin* est né, San Maurizio di Frassino, vit une vieille dame qui s'appelle Lucia Rossi. Avec son mari, c'est l'une des quatre personnes qui, prétend Juri, fabriquent encore le vrai *toumin :* c'est un fromage si simple que, produit avec du lait industriel longue conservation, il perd tout intérêt, et Juri se bat donc pour que le fromage produit uniquement avec du lait cru continue d'exister.

« Quand je suis revenu, je voulais comprendre comment ils travaillaient et d'où venait leur mode de vie. Alors j'ai demandé à pouvoir planter la tente devant leur maison pendant trois jours, et c'est ce que j'ai fait. Je voulais être avec eux, voir, traire, comprendre. »

Le *toumin dal Mel* s'appelle ainsi car il vient de Melle, un village à deux pas de Frassino qui s'est presque vidé au cours des dernières décennies et dont la réputation est empreinte d'un défaitisme plus ou moins résigné. « Quand j'étais enfant, il y avait encore dix *osterie* : il y a quelques années, il n'y en avait pratiquement plus aucune. » À présent, on trouve une brasserie tenue par des amis de Juri qui s'appelle Officina Antagonisti, car ils font leur propre bière et la vendent : quand on dîne chez eux, un des plats qui figure toujours au menu est justement la *tuma, patate e aioli* qui, grâce à Juri, est en train de devenir le nouvel emblème de la vallée. En face de la brasserie, on tombe sur un autre des projets aventureux auxquels Juri a participé : un bar et une cafétéria qui fait aussi glacier, car la glace est préparée sur place. Il s'appelle Fioca, ce qui signifie dans l'un des dialectes locaux : « Il neige », et j'y suis allé dès que j'ai eu une demi-journée de congé, afin de goûter la glace au foin. Quand j'ai dit à

Juri que je m'étais arrêté chez le glacier, il m'a demandé : « Comment était la glace au foin par rapport à la panna cotta qu'on fait ici ? On sent que ce n'est pas le même foin, hein ? »

Je suis arrivé alors qu'il faisait déjà nuit et je n'ai donc toujours pas vu « le grand-père qui nous protège un peu tous ici » : le Monviso.

Du Reis, on ne peut pas le voir, mais dans les jours qui suivent mon arrivée, j'aurai l'occasion de l'admirer à plusieurs reprises – avec Juri, on passe très peu de temps en cuisine et beaucoup à faire autre chose dans les environs : en effet, le Monviso est vraiment grand. Mais pas le temps de traîner : nous rejoignons le père de Juri dans un bois de châtaigniers du côté de Valmala, l'endroit où il est né et où, un jour, Juri construira son restaurant, encore plus grand que celui-ci. Aujourd'hui, il faut couper du bois. Je ne comprends pas grand-chose, mais ils me donnent des gants et une faux, puis ils m'expliquent ce que je dois faire.

Le père de Juri se sert d'une tronçonneuse pour couper les troncs, Juri et moi empilons les branches plus fines dans un trou, puis nous chargeons les troncs sur le tracteur. « Ça doit faire vingt ans que je viens ici couper du bois avec mon père, et pas une fois c'est moi qui ai coupé et lui qui a ramassé les branches… »

Le but de l'opération est d'abord de rapporter du bois de chauffage, mais aussi et surtout de mettre de l'ordre, de surveiller les châtaigniers sauvages, dont les fruits ne sont pas bons à manger. « Chez nous, on les appelait les arbres à pain, m'explique le père de Juri en dialecte, tout en coupant de grosses branches avec la tronçonneuse. Si on ne coupe pas ceux-là, les bons ne respirent pas et n'ont pas de lumière.

— Comment on distingue les châtaigniers sauvages des bons ?

— Eh bien, on sait lesquels on a plantés, nous. »

Le lendemain est un mercredi, le « dimanche de Juri », le jour où il ne travaille presque pas et reste en famille, avec sa femme Sabrina et leurs deux petites filles.

Je me retrouve donc seul. Je n'ai pas de voiture et je ne peux guère m'éloigner du restaurant. Je m'attendais à ce genre de situation, et – pour des raisons qui ne me sont pas tout à fait claires – j'ai choisi de ne pas prévoir de réserves du seul bien de consommation dont le manque pourrait me mettre sérieusement en difficulté : les cigarettes. J'y avais réfléchi à Saluzzo et j'avais décidé de ne pas en prendre : je savais que je serais seul, en particulier la nuit, et que je m'ennuierais, et je ne voulais pas courir le risque de combattre cet ennui en fumant. Même si je suis un gros fumeur, ou peut-être pour cela, c'est un exercice auquel je me risque de temps en temps : ce n'est pas une tentative de m'arracher à ma dépendance, mais un moyen stratégique de m'en servir et d'en tirer autre chose. Je me fiche de fumer moins : ce qui m'intéresse, c'est de convertir parfois l'envie et l'instinct de fumer en une chose à laquelle je ne prêterais aucune attention sans cela : ranger les réfrigérateurs du restaurant, observer les clients pour prévoir ce dont ils pourraient avoir besoin dans un instant ou me rappeler que ce serait mieux de regarder dans les yeux la personne qui se trouve en face de moi.

Mais je ne savais pas à quoi je devrais penser la nuit dans ces hautes terres du val Varaita. Juri m'a proposé d'allumer le chauffage dès le premier soir, il m'a expliqué comment faire, mais je ne veux pas. Quand nous sommes tous ensemble ici et que nous travaillons, nous bougeons beaucoup et n'en ressentons donc pas le besoin, la chaleur humaine des clients et celle du poêle nous permettent de ne pas sentir le froid, mais dehors il gèle bel et bien. Une fois tout le monde parti, le froid arrive peu à peu, il me harcèle chaque nuit et j'en prends enfin conscience : je n'ai aucune idée de la façon dont le poêle fonctionne. Il est là, à côté de mon canapé-lit, et j'ai passé les trois nuits précédentes à attendre le moment où il s'éteindrait inévitablement, environ toutes les heures et demie. Depuis deux jours, je fais des réserves de bois et de branches vers 18 heures, pendant qu'il reste assez de lumière, et je les termine chaque fois avant minuit, dans un froid glacial et avec la nette impression que quelque chose m'échappe. Je ne peux même pas regarder sur Internet pour comprendre comment il fonctionne, car la première nuit, je l'ai passée devant l'ordinateur et j'ai épuisé tout le crédit de connexion du restaurant. J'ai honte de le dire à Juri, et honte de lui dire que je ne sais pas utiliser le poêle, si bien que je ne lui dis rien. Mais d'un coup, ce mercredi, le froid s'est accentué, peut-être que le véritable hiver arrive enfin, alors qu'il ne s'était pas vraiment manifesté durant tout le mois de janvier, pas plus que la neige. Les chiens aboient pour protéger les poulets contre les renards, et le temps que je perçois se dilate et se resserre, tandis que le poêle s'allume et s'éteint ; je constate que je ressens un bonheur neuf, comme quelqu'un qui n'a besoin de personne et qui n'a personne dans les pattes. Je me fais cuire du chou que je mange avec des restes de *toumin* et des tranches de pain sec grillées sur le fourneau, et l'espace d'un instant j'ai l'illusion de pouvoir vivre en montagne. Sauf que, pendant ce temps, le poêle s'éteint pour de bon, et je ne trouve plus ni branches ni vieux papiers à brûler pour le ranimer. Je cherche autour de moi et, pour finir, je me sers de feuilles sur lesquelles j'avais écrit et que je gardais avec moi depuis longtemps, allez savoir pourquoi. Le poêle redémarre et je comprends enfin l'erreur que j'ai commise jusqu'alors : pour faire des économies, je mettais un ou deux morceaux de bois à la fois, convaincu que si j'en mettais plus ils brûleraient trop vite et seraient gaspillés, puis j'en ajoutais deux autres seulement quand les précédents étaient terminés. Ce qui donnait un feu bref et tiède. Cette fois, j'ai rempli le poêle de bois et je sais qu'il durera quelques heures de plus, peut-être même jusqu'au petit matin. Je n'ai plus froid, et la joie pure d'il y a quelques minutes continue d'aller et venir, au moindre bêlement et à chaque crépitement des flammes. Il en sera ainsi pendant le reste de la nuit et les autres nuits aussi, dans un état flottant de constante fébrilité, à mi-chemin entre le désespoir et une sensation d'immense liberté.

Quand Juri arrive le lendemain matin, je dors encore. Je me lève en vitesse et fais du café pour nous deux, tandis qu'il me demande comment ça s'est passé hier et me dit qu'il regrette de ne pas avoir pu s'occuper de moi.

« En fait, ça m'a plu, cette chose... C'était... comment dire... fort.

— Je sais. Moi aussi, ça me plaît beaucoup... Cette solitude-là. »

Au début des années quatre-vingt, un groupe de chercheurs de l'université de Cambridge a publié un recueil d'études assez sommaire qui était pourtant voué à changer à jamais la façon dont on étudie la culture populaire. Ce livre parlait des rituels de la Couronne britannique, des nuances chromatiques du tartan des kilts écossais et des syndicats d'ouvriers blancs dans les mines d'Afrique du Sud. Comme vous pouvez l'imaginer, il n'a pas été lu par beaucoup de gens. Mais beaucoup de gens ont appliqué la méthode proposée par Eric Hobsbawm et Terence Ranger pour montrer que la tradition pouvait être inventée : leur livre s'appelait précisément *L'Invention de la tradition*.

C'est d'ailleurs un professeur d'université qui m'a raconté un jour une histoire montrant combien il est facile d'inventer la tradition en cuisine. Je l'ai rencontré dès mon arrivée à Paris : je m'intéressais déjà aux questions gastronomiques et, pour le reste, j'étais un jeune homme très arrogant. J'avais été invité à dîner par un ami avec lequel je n'ai hélas plus de contacts aujourd'hui. Le professeur, qui était un passionné de cuisine, préparerait le repas.

« Un hiver, il y a longtemps, je séjournais chez un ami d'enfance dans sa grande et belle maison de campagne, a raconté le professeur. Nous sommes très différents, lui et moi. C'est un riche entrepreneur, quelqu'un qui a réussi, mais nous sommes proches. Un peu pour passer le temps et un peu parce que je suis comme ça, je lui avais proposé d'essayer, durant ces quelques jours, de faire du saucisson d'oie maison. J'en ai préparé et je l'ai laissé là, dans sa cave, pour qu'il s'affine. Je suis rentré chez moi et nous ne nous sommes plus parlé pendant plusieurs mois. Jusqu'au jour où mon ami entrepreneur m'a téléphoné et, comme essoufflé, d'un ton presque bouleversé, m'a dit :

“Il faut que tu m'expliques comment tu as fait ce saucisson d'oie.

— Pourquoi ? Je me suis trompé dans la salaison ? Quelqu'un a été malade ?

— Non, bien sûr que non. Je l'ai goûté. Et j'ai acheté cinq cents oies. Je veux en vendre."

Quelques années plus tard, on avait créé dans le village où vivait mon ami une foire consacrée à ce produit local unique, a conclu le professeur. Je n'y ai participé qu'une fois et, dans la rue, de nombreuses vieilles dames m'ont dit qu'elle se rappelait avoir mangé *mon* saucisson dans leur jeunesse, tandis que tout autour les porte-drapeaux et autres personnages en tenue Renaissance invitaient à célébrer *les saveurs, la tradition et ces sensations impossibles à reproduire, car étroitement liées à un monde ancien. Voilà**. »

Je ne sais pas si l'histoire que m'a racontée ce professeur est vraie ou en tout cas je ne sais pas *à quel point* elle l'est : j'ai cherché des preuves de l'ancienneté de ce saucisson et je n'en ai pas trouvé beaucoup, j'ai même trouvé d'autres histoires confuses dans d'autres lieux. Je ne sais pas si les choses se sont vraiment passées comme ça, mais ça n'a pas beaucoup d'importance, surtout si le saucisson est bon et qu'il est produit de manière éthique. Car cette tradition gastronomique imaginaire a sans doute rempli de multiples fonctions : tout d'abord, vendre beaucoup de saucissons – mais il y a tellement de personnes qui vendent des choses – et surtout recruter des gens pour faire du saucisson, ce qui est très positif. Cette tradition inventée a également servi, même si ce n'est que quelques jours par an, à donner un peu plus de sens à la vie des habitants de ce village qui, sans cela, se seraient ennuyés. Allez savoir.

Quand la tradition fait défaut, on peut donc toujours l'inventer. Mais cela pose un problème car, « tant qu'on y est », on peut aussi bien y mettre ce qui nous convient le mieux, et surtout y mettre les histoires qui peuvent le mieux fonctionner. Et c'est exactement ce qui les rend dangereuses, car cela permet à certaines personnes de convaincre beaucoup d'autres qu'il vaudrait mieux revenir aux choses telles qu'elles furent autrefois. Même si cet « autrefois » n'a – peut-être – jamais existé.

Et c'est là qu'intervient le grand lieu commun de la culture gastronomique d'aujourd'hui : la « fusion » entre tradition, territoire et innovation. Car avec le territoire ou, comme le dit Juri, « le petit bout de terre qui nous entoure », inventer les choses est un peu plus compliqué : le territoire est là et il faut composer avec ce qui existe. Le territoire ne peut pas être inventé : il peut être reconstruit, domestiqué, sauvé, ressuscité. Mais cela prend des années, comme cela prend des années de transformer un pan de montagne en pâturage.

Le territoire, ce sont les gens qui ont envie de le changer. Par conséquent, on ne peut pas le faire sans les bonnes personnes pour cela, et c'est encore plus difficile s'il n'y a plus personne, parce que les gens sont partis et surtout parce qu'il est difficile d'en trouver d'autres, des nouveaux qui soient prêts à venir. Juri n'a que deux employées, deux femmes : Elisa, qui est très jeune, est née dans la vallée et travaille en cuisine ; Typhaine, elle, est en salle : elle est bretonne et travaille depuis des années avec Slow Food en tant que responsable pour l'Afrique du Nord. Durant mon passage au restaurant, c'est un nouveau métier qu'elle apprend.

Pour construire un territoire et trouver des gens qui le construisent, il faut s'arranger avec ce qu'on a à sa disposition, réussir à voir ce que beaucoup ne voient plus, mais aussi ce que personne n'a jamais vu. Par exemple, en allant cueillir des herbes sauvages, l'une des principales découvertes de la grande cuisine de ces dernières décennies. L'herbe préférée de Juri est l'épinard de montagne : en réalité, c'est une plante très répandue, qui pousse spontanément près des petites habitations isolées, elle est donc facile à identifier et à récolter. Depuis environ trois siècles, les botanistes en parlent et se disputent sans cesse, au sujet de la nomenclature et de la classification scientifique de cette plante, sans arriver à une solution. Mais les consommateurs qui s'en souviennent l'appellent tous *buonenrico*, car selon la légende, c'est Henri IV, roi de France, qui a découvert qu'elle était comestible, puis suggéré et encouragé son utilisation culinaire.

Les herbes sauvages, les légumes du potager, les fruits des vergers de son père, le goût du foin, l'ail des ours et une centaine d'autres petites choses, jusqu'à ce sirop de pommes de pin fraîches utilisé dans la panna cotta : un jour, dans pas longtemps, Juri parviendra à n'employer que la viande de bêtes qu'il a connues et élevées, en donnant de l'importance à chaque morceau de l'animal que nous mangeons, car c'est la seule façon de le respecter jusqu'au bout. Il y a une chose que Juri répète souvent lorsqu'il parle de sa cuisine : servir la viande en accompagnement. Une chose qui pourrait ne pas être là, qui ne l'est pas toujours, mais qui, lorsqu'elle l'est, rend tout le monde plus heureux et donne plus de saveur.

« Je suis convaincu que pour, changer le monde, nous devons commencer par changer le petit bout de terre qui nous entoure. » Juri ne dirait jamais cela, car ce n'est pas dans son caractère, mais – d'après ce que j'ai vu – je pense vraiment qu'il le change.

« Tu es déjà monté voir le village ? » m'a demandé Juri ce matin en m'indiquant la bergerie. Du Reis, on ne voit qu'elle, j'ai donc cru que c'est d'elle qu'il parlait et marmonné quelque chose entre oui et non.

« Viens avec moi. »

Nous avons fait le tour de la bergerie et nous nous sommes glissés parmi les plantes qui poussent à l'arrière. « Fais attention en t'appuyant. Ou plutôt, ne t'appuie pas. » Car, une fois qu'on a laissé derrière soi la bergerie, on tombe sur des maisons. Des dizaines de maisons : toutes en pierre, construites sur des pentes variables et de petites terrasses à présent dévorées par le lierre et les feuilles mortes.

Certaines branches de lierre atteignent huit centimètres de diamètre et recouvrent entièrement de nombreuses structures en pierre, au point que des décennies de négligence et d'abandon ont paradoxalement contribué à faire tenir les murs, qui paraissent supportés par ces échafaudages sauvages. Je continue de suivre Juri, qui fait manifestement sa « tournée ». Ses explications et son attention sont principalement dirigées vers les détails fonctionnels et agricoles : près de cette porte, il y a une petite pièce très probablement destinée à un lapin, une autre cage en bois devait servir à transporter les veaux, tandis qu'une des structures plus grandes est couverte au milieu par une sorte de faux plafond fait de brindilles d'un bois dont je ne me souviens pas, mais complètement noirci, et qui – m'explique-t-il – servait à faire sécher les châtaignes avec la chaleur des braises du rez-de-chaussée.

Les jours suivants, je suis monté à plusieurs reprises explorer seul le village, m'efforçant de faire « ma » tournée. Je me sens un peu stupide, car les choses qui attirent le plus mon attention sont sans doute les plus pittoresques, à savoir les traces de vie. Au centre d'une autre petite maison, il y a une table immense, une pièce unique dans une pierre dont j'aime à croire qu'il s'agit d'ardoise. Mais en réalité je n'en ai pas la moindre idée, car je ne connais rien aux pierres.

Une dizaine de bouteilles de vin, petites et grandes, sont posées sur la table, certaines à moitié pleines, recouvertes d'une couche de poussière si épaisse et ancienne qu'elle semble devenue minérale. Sur une fiasque, on peut lire le mot ANTINEURASTHÉNIQUE écrit en escalier ; la fiasque est bouchée et contient encore deux doigts de quelque chose. On a la sensation qu'un événement inattendu s'est produit, tous ont été pris par surprise, les hommes et les femmes qui se trouvaient dans cette maison ont dû partir précipitamment, sans terminer leur apéritif.

La dernière fois que je suis monté jusqu'au vieux hameau, j'ai trouvé ma maison préférée : l'une de celles qui étaient certainement habitées au quotidien, car il y avait un lit, simple, et surtout une cheminée avec quelques objets qui reposaient encore sur le manteau et quelques produits que je reconnais, des cosmétiques.

Dans le coin droit d'une des deux pièces, devant la cheminée, justement, est posé un grand coffre dans lequel beaucoup de gens ont dû fouiller, car son contenu est disséminé tout autour. J'ai compté douze paires de chaussures ; il y a aussi quelques vêtements, avec des mottes de terre humide, mais ils sont apparemment en parfait état. Pourtant, quand j'ai tendu la main pour toucher la dentelle d'une des manches, j'ai découvert que le tissu avait perdu toute élasticité, comme s'il s'était transformé avec le temps en un autre type de matériau.

Dans le coffre grand ouvert, j'ai trouvé une infinité de documents illisibles qui ont beaucoup souffert de l'humidité et, parmi eux, une autorisation de faire des courts voyages hors du territoire français pour raisons professionnelles. Ce feuillet, d'une couleur indéfinissable mais rédigé dans une encre bleue encore formidablement brillante, aide également à donner un nom à celle qui, peut-être, a vécu dans cette maison et possédé ces chaussures : Marthe Giusiano, de nationalité italienne, qui exerce légalement en France le métier de *cartonnière**.

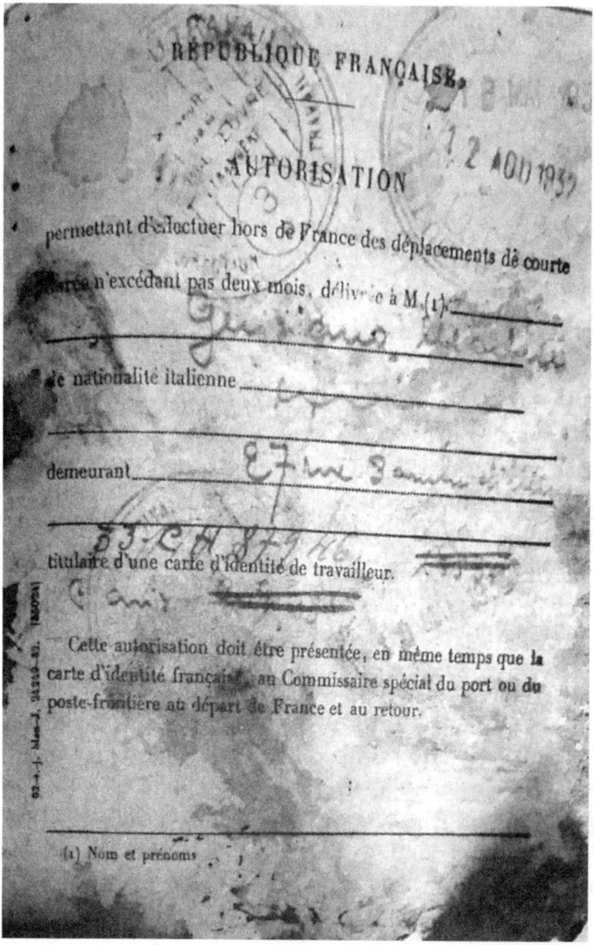

RÉPUBLIQUE FRANÇAISE.

AUTORISATION

permettant d'effectuer hors de France des déplacements de courte durée n'excédant pas deux mois, délivrée à M. (1)

de nationalité italienne

demeurant

titulaire d'une carte d'identité de travailleur.

Cette autorisation doit être présentée, en même temps que la carte d'identité française, au Commissaire spécial du port ou du poste-frontière au départ de France et au retour.

(1) Nom et prénoms

Les timbres, qui permettent de dater le document en 1932, proviennent de la frontière entre Modane et Bardonecchia, la limite ferroviaire qui sépare la France et l'Italie, que j'ai moi-même franchie plusieurs dizaines de fois au fil des ans, la plupart du temps immergé dans un sommeil parfumé.

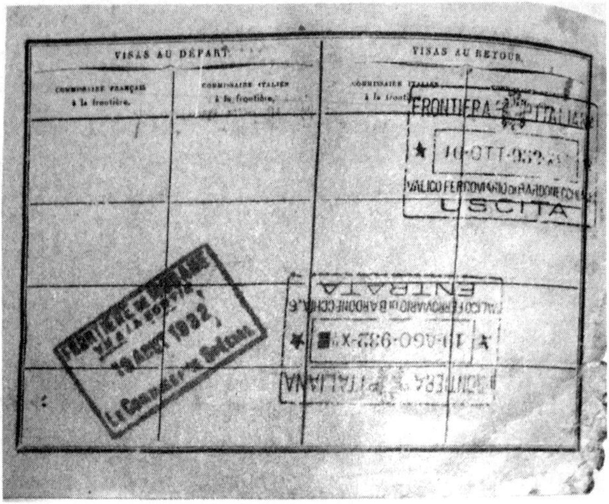

Je me rends compte que je pourrais passer des jours et des jours ici à essayer de reconstituer l'histoire de Marthe, mais je me rends également compte que ce n'est sans doute pas une bonne idée et qu'il vaut mieux la laisser tranquille.

Les coudes sur la table

Ce voyage a un héros, mais ce n'est pas moi. Les héros de cette histoire sont chacune des nombreuses personnes, femmes et hommes, garçons et filles, qui – pour un jour ou pour toute une vie – ont su qu'ils recevaient, qu'ils étaient les hôtes, dans une maison ouverte à tous, où l'on peut entrer puis s'asseoir pour manger et boire. J'avais envie de vous raconter cet instinct qui pousse à accueillir les gens ainsi, d'abord parce que je pense que c'est important pour tout le monde et ensuite parce que j'ai moi-même cet instinct.

Chaque muscle de notre corps possède des fuseaux neuromusculaires qui contiennent des terminaisons nerveuses : ces dernières perçoivent les stimuli et y répondent en conséquence. C'est la raison pour laquelle, quand on nous tape sur le genou avec un marteau, notre jambe se tend d'un coup. C'est un réflexe involontaire, plus précisément un arc réflexe. L'information n'arrive pas dans la partie du cortex cérébral qui gère nos décisions, elle reste seule et circule dans des circuits très anciens où les choses que nous voulons ou ne voulons pas faire n'ont jamais existé.

Le test du marteau sert, si l'on veut, à vérifier la qualité de ces réflexes qui protègent nos muscles contre certains mouvements inhabituels risquant de les endommager.

Je suis convaincu que notre capacité à être ensemble dans une même pièce dépend, en quelque sorte, de réflexes involontaires, dont beaucoup se mettent en branle quand nous mangeons. Je me martèle donc le genou pour voir l'effet que cela fait.

Durant les dix années que j'ai passées loin de l'endroit où je suis né, beaucoup de choses ont changé. Mais l'une d'elles m'a contrarié plus que les autres, car je suis certain qu'elle est la cause de beaucoup d'autres : les gens ne se rencontrent plus. Les lieux et les prétextes, qui n'étaient déjà pas nombreux, se sont comme évaporés. Et on ne comprend pas pourquoi, surtout dans les petites villes et les villages. Personne n'est capable de me donner d'explication, on dirait même que personne ne s'est seulement posé la question : il n'y a plus d'enfants chez les scouts ? Et le club des retraités ? Et l'association des anciens cheminots ? Le merveilleux club de photographie ? « Ah, c'est vrai », répondent-ils. « Non, ça n'existe plus. » Ou bien : « Allez savoir », comme quelqu'un qui aurait vécu au Canada pendant tout ce temps et non à cinquante mètres de là.

J'ai quitté il y a dix ans la province où je suis né et où j'ai grandi, car je la trouvais ennuyeuse. À présent j'y suis revenu et je l'ai trouvée dix fois plus ennuyeuse, et ceux qui vivent dans cet ennui semblent s'être définitivement résignés, comme on se résigne au fait qu'il pleuve ou qu'il y ait du brouillard dehors. D'ailleurs, quand il pleut ou qu'il y a du brouillard, ils se mettent bien plus en colère ou du moins ils en parlent. Et ils en parlent dans l'un des rares endroits où on se rencontre encore : l'*osteria.*

Les mots *osteria* et trattoria sont souvent utilisés comme synonymes et, plus souvent encore, ils désignent des lieux qui ne sont ni des *osterie* ni des trattorias : le restaurant étoilé le plus célèbre d'Italie est l'Osteria Francescana, mais il n'a évidemment rien à voir avec une *osteria.* Nous continuons de les utiliser à notre guise, comme je le fais moi aussi, mais il est utile de comprendre ce qui se cache derrière ces deux mots.

Le mot *osteria* vient du latin *hospes*, il signifie donc tout d'abord celui qui accueille ou – dans une égale mesure – celui qui est accueilli : c'est le lieu où l'on accueille et l'on est accueilli.

Le mot trattoria a fait de longs détours : par le français *traiteur*, il vient du latin *tractare* et est étroitement lié à l'alimentation : d'après la meilleure définition que je connaisse, cuisiner, c'est « transformer les aliments », c'est-à-dire les *traiter*.

Voilà la différence : la trattoria est un endroit où l'on mange et où l'on peut boire un verre en mangeant ; l'*osteria*, on y va pour boire, et on y trouve peut-être aussi quelque chose à manger. Ce n'est pas une nuance : car dans les strates les plus desséchées de notre culture, un endroit où on va boire est trop souvent un endroit où les *hommes* vont boire.

Les lieux où les gens se rencontrent pour manger et boire n'existent pas sans ces gens faits différemment des autres, ce sont les héros et les héroïnes de mon récit. Mais leur histoire commence il y a longtemps et je ne peux pas la raconter seul. Alberto Capatti et Massimo Montanari, sans doute les deux plus grands historiens de la cuisine et de l'alimentation italiennes, ont écrit il y a vingt ans un livre merveilleux.

« La catégorie des *osti*, les gens qui tiennent une *osteria*, occupe dans l'histoire de la cuisine une place bien distincte de celle du personnel salarié. Elle est très ancienne et si mal famée que Teofilo Folengo s'en est servi pour représenter l'Enfer, tout comme Collodi, sous le signe de la crevette rouge, pour introduire une des plus cruelles mésaventures de son célèbre pantin. [...]

Sur ce sujet, les sources littéraires abondent, tout comme les témoignages de voyageurs, les scènes de théâtre, les chansons, les poèmes burlesques et les gravures, marqués par un ton laudateur, facétieux ou dénigrateur. Dans les publications de toutes sortes, policières ou sérieuses, leur corporation est toujours dans le viseur des autorités. Mais on ne trouve pas trace de livres de cuisine ni de manuels, car l'*oste* exécute, répète et offre les plats comme ils lui viennent, fixant les prix à sa guise. C'est un personnage hors du temps et des modes, et il est donc daté, car avec son vin et ses plats, il a l'âge et les rides du paysage rural. On le retrouve aux XIXe et XXe siècles, servant les ivrognes, maudissant et révérant le monde entier, dressant parfois la table de façon remarquable. [...] L'*oste* interprète les humeurs sociales et politiques, il suit la croissance de la ville depuis son observatoire populaire. [...] En effet, on appelait *osterie* à la fois les lieux où le cuisinier était habillé de toile blanche et ceux où le propriétaire était de la même trempe que les hommes dont il remplissait la cruche[1]. »

Le tavernier – l'*oste* – est un personnage à la croisée des chemins.

Ce n'est pas un chef ou un cuisinier, bien qu'il puisse également jouer ce rôle. En tout cas, il *représente* la cuisine. Ce n'est pas un serveur, mais il apporte les assiettes à table et lave les verres ; et ce n'est pas le sommelier, car – à l'évidence – il serait stupide de demander au tavernier si son vin est bon.

1. Alberto Capatti et Massimo Montanari, *La Cuisine italienne. Histoire d'une culture*, traduit par Anne Colao, Paris, Éditions du Seuil, 2002, p. 265-266.

L'un des meilleurs taverniers que je connaisse s'appelle Pierre Jancou. Il est suisse, mais il a passé une partie de sa vie en France et l'autre en Italie, comme Michel Platini. Il commence comme cuisinier et, à la viande, il préfère les pâtes et les légumes. Nous, les cuisiniers, nous aimons nous imaginer tels de rudes pirates rongés par la souffrance physique et menant une vie dissolue, même si nous nous réfugions dans les jupes de notre mère à la première difficulté. Pierre Jancou, lui, a vraiment vécu ainsi : à vingt et un ans, il était le maître des lieux et le chef de son premier restaurant à Paris, qui portait l'un des plus beaux noms que l'on puisse trouver pour un endroit où on mange : La Bocca, « la bouche ». Nous sommes au début des années quatre-vingt-dix et, à Paris, les restaurants italiens servent des assortiments de pâtes, ils ont des Polichinelle peints sur les murs. Des acteurs et actrices viennent chez Pierre, pour dîner ou boire un verre. Les années passent et il se met à faire ce qu'il n'a plus cessé depuis : lassé, il part, disparaît un moment, puis revient, encore plus brillant qu'auparavant.

Il achète ou loue deux salles en ruine quelque part dans Paris, reconstruit tout avec des objets trouvés aux puces, il invente un nom simple mais très efficace et trouve quelqu'un pour l'aider. *Et voilà**.

Quelqu'un, je ne me rappelle plus qui, a dit que Gabriele d'Annunzio n'était en réalité ni un écrivain ni un poète, mais un architecte d'intérieur : Pierre est, sans nul doute, *aussi* un grand architecte d'intérieur, car aujourd'hui on voit partout des soucoupes à fleurs dépareillées, mais en 2001, ce n'était pas banal.

Ses restaurants se sont appelés La Crémerie – avant l'arrivée de Pierre, c'était une fromagerie – et Racines, un endroit minuscule dans un merveilleux passage qui, à l'époque, était quasiment à l'abandon, il ne l'a gardé que deux ans, gagnant tous les prix qu'il pouvait gagner, et aujourd'hui dans ce passage il y a un restaurant italien de luxe et sept autres lieux de restauration. Puis un autre endroit qui n'est guère plus qu'un couloir et qu'il appelle Vivant. Dans le même temps, il cuisine de moins en moins et se consacre à « ce qu'il fait le mieux », c'est-à-dire accueillir et choyer les clients. Il engage donc de jeunes cuisiniers et cuisinières qui, selon lui, sont capables de faire de la bonne cuisine. Bien sûr, presque tous ces jeunes sont aujourd'hui célèbres, voire très célèbres : j'en connais au moins dix qui sont passés par ses cuisines. Il garde chaque restaurant pendant deux ans, puis il vend tout, part à la campagne pour essayer d'avoir une vie de famille, enfin revient à Paris et recommence ailleurs avec deux autres pièces en ruine. Il est difficile de dire pourquoi il s'en va : il faut au minimum un ou deux ans pour qu'un restaurant tourne, et c'est alors que l'on commence à s'amuser et à bien vivre la situation. Mais c'est là qu'il s'en va et qu'il laisse tomber. Il est légitime de penser qu'il vend ses restaurants pour des raisons financières, mais je ne pense pas que ce soit le cas – en vérité, ils ont toujours été pleins. Je pense que, pour Pierre, le moment où un restaurant se met à bien fonctionner est précisément celui où il cesse de s'amuser et commence à vivre cette situation comme une oppression. Ce qui est curieux dans tout cela, c'est que tous les restaurants qu'il a créés puis vendus ou presque sont encore en activité, souvent avec le même nom et une cuisine similaire, pratiquée par des cuisiniers et des chefs plus jeunes qui, bien qu'ils ne le disent pas et ne le sachent peut-être pas, lui doivent beaucoup.

Quand je l'ai rencontré, il y a quelques années à peine, il commençait à en avoir marre – de Paris, au moins. J'ai souvent dîné dans son dernier restaurant, qui n'a tenu qu'un an, la plupart du temps seul et durant mon jour de congé. Comme toujours, Pierre avait fait tout le travail lui-même et, quelques jours avant l'ouverture, il était tombé d'une échelle et s'était brisé le talon. Il ne s'en est jamais vraiment remis. Je ne sais pas comment ce restaurant aurait dû s'appeler, car après sa chute il a décidé de l'appeler Achille. La nuit de sa fermeture, j'y suis resté jusqu'à 6 heures du matin. Après, Pierre a disparu pendant quelque temps, beaucoup de gens étaient sûrs qu'il reviendrait à Paris, mais il s'est définitivement installé dans la Drôme, à

Châtillon-en-Diois, dans une localité de montagne où, semble-t-il, se croisent plusieurs sentiers très fréquentés par les randonneurs. Il a repris le café du village et gardé son nom de toujours, dont l'enseigne orne le mur depuis des décennies : Café des Alpes.

Pierre Jancou a été le rude gourou du bistrot français contemporain et, dès le début, il l'a été en apportant des choses très italiennes, une en particulier : le service. Les meilleurs serveurs et sommeliers avec qui j'ai travaillé avaient tout appris de lui ou de quelqu'un qui avait tout appris de lui. Les derniers temps, il ne travaillait qu'une ou deux semaines par mois, et on racontait que lorsqu'il était en salle, les recettes étaient multipliées par deux : quand il n'y était pas, les clients commandaient ce qu'ils croyaient vouloir manger et boire ; mais quand il y était, ils commandaient ce qu'il choisissait, lui.

Et tout cela avec la plus extraordinaire gentillesse, l'intelligence et ce qu'autrefois on appelait le *charme**. Je l'ai regardé faire et j'essaie de l'imiter chaque fois que je peux.

C'est très simple : dès qu'un groupe de personnes s'installe à table, il arrive, prend un tabouret à la table voisine, s'assied en leur compagnie et commence à tout leur raconter. Les menus sont rédigés de manière aussi minimaliste que possible : raviolis ; *poisson** ; *salade d'agrumes** ; *chocolat** ; *cannolo*. C'est tout, rien d'autre. Il présente *chaque* plat du menu, on ne peut donc pas se permettre de ne pas écouter ses explications, c'est presque obligatoire.

Voir Pierre Jancou servir et accueillir les clients a été une révélation. J'étais convaincu que la figure du tavernier était effectivement ancienne et redoutable, considérée par tous comme démodée, sans héritier et condamnée à la disparition. Celle qu'incarne Pierre Jancou est sans doute le fils et le descendant de cette lignée, et dans le même temps ça m'a très vite semblé la façon la plus moderne et contemporaine de se comporter derrière le comptoir d'un restaurant. Nous, les clients, sommes de plus en plus repliés sur nous-mêmes, de moins en moins capables de manger, obsédés par les intolérances alimentaires et autres craintes relevant de la pensée magique, de plus en plus sûrs de n'avoir rien à partager avec ceux qui sont assis à la table voisine de la nôtre. Nous, les clients, qui mangeons et buvons, avons *besoin* du tavernier, peut-être aujourd'hui plus que jamais. Nous avons besoin d'une femme ou d'un homme qui, quand nous nous asseyons à table, fait exactement cela : plier les genoux et poser les coudes sur la table. Il nous regarde dans les yeux pour voir ce qu'il peut faire pour nous. Et il y a une raison, s'il nous regarde dans les yeux : il veut comprendre ce que nous voulons, car le tavernier est très conscient que ce que nous voulons, nous ne le savons pratiquement jamais.

En tout cas nous, les taverniers, savons ce que vous voulez : nous le savons précisément parce que nous sommes « de la même trempe que les hommes dont nous remplissons la cruche » et – surtout – l'assiette. Carlin Petrini, le fondateur de Slow Food, appelle ce talent des taverniers « l'intelligence affective ».

Savoir manier une forme d'ironie toujours mesurée, savoir s'arrêter juste avant de blesser dans l'art de la moquerie, car c'est *là* qu'on peut faire rire le plus ; toujours avoir la délicatesse requise ; savoir rester à notre place lorsqu'il le faut, mais aussi glisser un sourire supplémentaire quand l'échange est pétrifié par trop de formalité. Comprendre que, parfois, les enfants gâtés et trop grands ont besoin d'être fessés avec élégance, car si on le fait de la bonne manière, on découvre qu'ils aiment vraiment ça. Je me demande s'il est possible de transformer l'ancienne et mortifère autorité en nouvelle forme plus douce, et je pense que la réponse est oui.

Le tavernier est un transformiste, un professionnel des acrobaties relationnelles, semblable aux demi-saisons et omniprésent dans les affaires louches. Le tavernier est *queer*, dans le sens le plus large et original du terme : étrange, excentrique, oblique, déviant, indéfinissable et libre. Surtout libre.

Le vin de la maison

« Alors : parfois les nappes sont trouées et on s'en sert quand même. Mais il y a une limite à tout, disons qu'il ne faut pas confondre *shabby chic* et imprésentable. Celles qui sont imprésentables, mets-les de côté. Je te montrerai plus tard à quoi elles servent. »

En réalité, une des utilisations alternatives des nappes aux trous trop grands, j'en ai fait l'expérience il n'y a même pas une demi-heure, tandis qu'Emilia commençait à préparer la salle. C'est mon premier jour et j'arrive très en retard pour le service du soir, en protestant bruyamment, car le bus qui devait me conduire de Barriera – un quartier à l'extrême nord de Turin – au restaurant a décidé de faire autrement. Il était très lent et on ne comprenait pas où il allait, si bien que je suis descendu, déterminé à finir à pied.

Je suis arrivé plus ou moins à Porta Palazzo, où se tient le grand marché : j'y étais déjà allé ce matin, sans rien acheter. C'est une sorte de pèlerinage : pendant vingt minutes au moins, je me suis promené entre les étals de la place, qui n'ont rien de différent des marchés que nous connaissons tous. Puis, à un certain moment, je me suis enfin décidé et je suis entré dans la partie secrète, celle « où sont les paysans ».

C'est un coin un peu caché et beaucoup moins bruyant, où les petits exploitants viennent vendre leurs produits et où, souvent, on trouve encore de grandes caisses d'herbes et de fleurs des champs mélangées, pour faire des soupes et des omelettes. Dans ce coin du marché, on croise donc des « agriculteurs chinois », qui cultivent leurs légumes en pleine campagne piémontaise. Chaque fois que je viens, j'essaie d'obtenir de ces paysans chinois qu'ils m'expliquent comment cuire les courgettes oblongues et à quoi servent les feuilles de moutarde chinoise.

À 16 heures, on nettoie encore la place et les bananes pourries écrasées çà et là quand un orage éclate. Je marche dans les flaques d'eau entre une série d'arcades et la suivante, très vite j'ai les chaussures mouillées, et je ne suis même pas à mi-chemin. Quand j'arrive au restaurant, je suis complètement trempé et Emilia me tend alors une de ces nappes aux trous trop grands afin que je me sèche. Heureusement, j'ai apporté des vêtements de rechange, car cette fois je ne travaillerai pas en cuisine où, au fond, on peut très bien rester dans cet état. Cette fois, je dois être propre et présentable.

Les cuisiniers et les cuisinières ne sont qu'une petite partie de la vie d'un restaurant, mais ils sont la seule dont on parle. En tant que cuisinier, d'ailleurs, c'est très pratique pour moi :

« Bonjour, que faites-vous dans la vie ?

— Je suis cuisinier.

— Ah, formidable ! »

Puis la conversation se poursuit, généralement pendant un bon bout de temps, avec de nombreuses questions empreintes de curiosité auxquelles je réponds toujours volontiers. Mais les restaurants ne pourraient pas exister sans une autre catégorie de personnes, la représentation diplomatique généralement connue sous le nom de « serveurs ».

Eux, ceux et celles qui travaillent en salle, personne n'en parle jamais. Au contraire : on ne parle des gens qui nous servent qu'en cas de problème, de retard, une bouteille d'eau oubliée, le vin pas assez frais, le vin pas assez tiède, la cuillère sale, la fourchette tordue, la porte ouverte qui crée des courants d'air, la porte fermée à cause de laquelle on étouffe, les voisins de table qui font trop de bruit, les voisins de table hypersensibles qui demandent au serveur de vous faire taire, vous.

Car « la salle » reste un métier fait d'attentions discrètes, qui laisse rarement le client bouche bée. Dans la plupart des cas, nous ne voyons tout simplement pas les serveurs. L'attention que nous ne prêtons pas et l'imagination que nous ne consacrons pas à ceux qui nous apportent les assiettes et le vin ont des conséquences : être serveur continue d'être considéré par beaucoup comme une solution de repli, parfois temporaire, en attendant mieux. Le résultat est que peu de gens se donnent la peine d'apprendre vraiment à bien faire ce métier, et on ne fait donc guère d'efforts pour améliorer des conditions de travail qui sont souvent par-delà le bien et le mal. Les employeurs honnêtes ont du mal à trouver du personnel qualifié et motivé, et de toute évidence, les employeurs moins honnêtes en profitent, car si personne ou presque ne sait bien faire les choses et si personne ou presque ne veut les faire, il n'y a aucune raison de payer et de traiter mieux son personnel.

Les clichés sur le travail en salle expriment très bien ce désintérêt généralisé. Selon un mythe rendu populaire par un film d'animation très réussi, les inspecteurs du guide Michelin ont l'habitude de poser tout doucement une fourchette sur le sol, en veillant à ne faire aucun bruit, afin de vérifier si la personne chargée de leur table est attentive et la remplacera aussitôt. Franchement : qui veut avoir comme horizon dans la vie de repérer une fourchette posée au sol par traîtrise ?

Il existe bien sûr certains types de restaurants où, depuis toujours, le personnel a été éduqué et formé de manière rigoureuse, souvent à coups de fouet. Ce sont les restaurants, les hôtels et autres lieux de luxe qui peuvent se le permettre, car ils versent de bien meilleurs salaires : c'est là le nœud du problème. Dans ces endroits, le travail en salle repose sur un impératif principal dont découlent tous les autres et qui est un autre de ces clichés. Un axiome que j'ai toujours trouvé aberrant et qui sonne plus ou moins comme ceci : il faut devenir invisible. Il est aberrant non seulement parce qu'il est immoral et que c'est une vision de classe, mais aussi parce qu'une telle chose est impossible : les serveurs existent, ils ne sont pas invisibles.

Le restaurant Consorzio est mon endroit préféré à Turin. C'est ici que j'ordonne à tous mes amis d'aller quand ils séjournent en ville, et c'est ici que, ces dernières années, je suis allé dîner ou déjeuner chaque fois qu'en rentrant de Paris en train j'ai décidé de m'arrêter à Turin, car mes jambes ne supportaient plus d'être coincées dans les sièges du TGV. Consorzio est dirigé par Andrea Gherra et Pietro Vergano. Quiconque a dîné ici au cours des douze dernières années a inévitablement cru que les deux hommes étaient frères, car ils ont plus ou moins les mêmes cheveux, ils ont la même attitude, et surtout à première vue ils sont tous les deux merveilleusement désagréables. Pas aussi distants, irritables et mal élevés que les taverniers d'autrefois, certes. Ils sont toujours très gentils, mais parfois capables d'ajouter un mot ou d'écarquiller un œil, ce qui suscite chez l'intéressé, ou du moins chez moi, une spirale de doutes : on a la quasi-certitude de déranger.

Aujourd'hui, les deux taverniers ne travaillent

plus ensemble car, il y a quelques années, Pietro et Andrea ont ouvert un deuxième restaurant quelques rues plus loin qui s'appelle Banco et dont Andrea tient les rênes, tandis que Pietro est resté à Consorzio.

En réalité, j'ai découvert que Pietro et Andrea étaient très sympathiques. Pietro, avec qui j'ai travaillé, a grandi dans une famille piémontaise typique, où l'intérêt et le respect pour la cuisine et le bon vin sont une évidence : quoi qu'on fasse dans la vie, tout le monde a un bout de vigne quelque part. Savoir distinguer et choisir les aliments et les vins, en particulier les vins locaux, était tacitement considéré comme faisant partie de l'éducation sentimentale et culturelle de chacun : parler de vin et de cuisine, c'est comme parler de sport ou de politique.

« Dis-moi, Pietro : avant Consorzio, tu as toujours travaillé dans la restauration ?

— Non, pas du tout. Quand j'ai terminé le lycée, j'ai compris que je n'avais pas envie de poursuivre mes études et que je voulais voyager. J'ai fait le tour de l'Europe pendant dix ans, en travaillant dans des domaines très différents. Parfois en faisant des boulots dont je ne suis pas sûr de pouvoir parler… Puis je suis retourné en Italie dans le Piémont, j'avais presque trente ans, je n'étais plus un gamin. Un soir, je vais dîner chez Guido da Costigliole, à Santo Stefano Belbo. Je regarde la carte des vins et je commande une bouteille très chère et très ancienne.

Je me rappelle très bien l'une des serveuses, car elle avait un tatouage particulier sur l'épaule. Bref, cette serveuse me dit : "Pas de problème, si vous voulez boire du vinaigre, allez-y."

Elle apporte la bouteille, elle la débouche, et le vin est terrible, imbuvable, nous la laissons sur la table et nous buvons autre chose. Mais je me sens humilié et je ne dis plus un mot de toute la soirée. Juste avant de partir, j'ai de nouveau goûté à cette bouteille : le vin était délicieux. J'ai compris que faire semblant de savoir ne suffisait pas et que je ne pouvais pas me contenter de cette culture œnogastronomique dans laquelle j'avais baigné enfant. J'avais commandé une bouteille dont j'avais entendu dire qu'elle était bonne, mais je ne savais pas comment le vin fonctionnait, je ne connaissais pas les règles. Je n'avais pas de vocation précise pour ces choses-là, je m'en suis découvert une plus tard, mais l'humiliation avait été si grande que j'ai décidé d'étudier la question, car ça ne devait pas se reproduire. Quelques années plus tard, alors que Consorzio venait d'ouvrir, une fille est entrée et j'ai reconnu le tatouage de ce soir-là. J'ai su que j'avais réussi. »

L'une des principales causes d'échec des restaurants, c'est que les personnes qui cuisinent, celles qui servent et celles qui font les comptes ne parlent pas la même langue. Les cuisiniers sont souvent capricieux, idéalistes, obsessionnels et irascibles. Même quand ils ont un talent incontestable, si on les laisse faire ils risquent toujours de servir des choses immangeables, surtout s'ils sont très jeunes. Ceux qui travaillent en salle le font souvent par défaut et ne sont donc pas intéressés par ce qu'ils servent. Et s'ils le sont, on ne leur laisse ni assez de temps ni assez d'espace pour le comprendre. Ceux qui font les comptes, c'est-à-dire le ou la propriétaire, ne savent pas toujours ce qu'est la cuisine, si bien qu'ils imposent des solutions peu ambitieuses (voire bon marché) à ceux qui la font : dans le meilleur des cas pour éviter les risques et faire marcher les affaires, au pire pour gagner un peu plus.

Par conséquent, les meilleurs restaurants sont souvent ceux dans lesquels le cuisinier est également la personne qui fait les comptes, et si les *osterie* d'autrefois fonctionnaient bien, c'est aussi parce que la relation entre les différents membres du personnel n'était jamais purement professionnelle, mais émotionnelle, familiale, c'était un lien de sang, la hiérarchie professionnelle se confondait avec la pyramide du pouvoir domestique. Dans ces cas-là, les conflits entre ceux qui cuisinent, ceux qui servent et ceux qui paient les factures se mélangent aux crises de la quarantaine, aux boutons d'acné et aux infidélités conjugales. Une table dressée à la hâte va de pair avec une chambre en désordre, chaque nouveau plat à expérimenter raconte sa propre vie et non celle de nos parents, le gril se confond avec la cheminée, le fût de vin avec la cruche.

Belle et romantique, l'idée que toute la famille travaille au même endroit est tout à fait réalisable aujourd'hui. Mais il ne peut s'agir du modèle économique d'un secteur entier : chacun devrait pouvoir faire ce qu'il veut de sa propre existence (et, dans les restaurants familiaux, ce n'était et ce n'est pas toujours le cas). Surtout, ce modèle de restauration faisait reposer une partie de sa viabilité économique sur une gestion souvent domestique et approximative des contrats de travail qui, aujourd'hui, pour des raisons évidentes, n'est plus admissible.

Le cas de Consorzio est un merveilleux exemple de la manière dont les choses peuvent fonctionner différemment. Pietro et Andrea ne sont pas des cuisiniers, mais la cuisine de Consorzio et de Banco n'est pas simplement celle des nombreux cuisiniers et chefs qui ont travaillé ici au fil des ans. C'est la cuisine de Pietro et d'Andrea, car ils accompagnent chaque jour les choix de ceux qui cuisinent : ils goûtent, suggèrent, proposent et écoutent ; ils disent oui, non ou peut-être. Sans jamais être envahissants, avec une confiance et un respect presque sacrés pour ceux qui font vraiment les choses, et sans jamais insinuer : « J'aurais fait mieux. » Et, en même temps, avec des idées très claires sur ce qu'ils aiment et n'aiment pas.

Il ne me faut pas beaucoup de temps pour comprendre que je vais avoir du mal à me rendre utile durant ces quelques jours, car c'est un travail pratiquement nouveau pour moi. Le mieux que je puisse espérer, c'est d'être un bon *gregario* et de ne pas commettre d'erreurs grossières. Les clients sont exigeants, ils posent d'innombrables questions auxquelles je ne peux presque jamais répondre.

J'ai étudié en détail la carte des vins : je connais quelques bouteilles et producteurs, certains par ouï-dire. Il y a beaucoup de vins que j'ai goûtés et bus ces dernières années, mais je sais déjà que ce n'est pas suffisant et que ça ne fonctionnera pas.

J'essaie donc de me créer des tâches répétitives. Par exemple, avant et après le service, je déballe et remballe les fromages, puis je les place dans la vitrine qui se trouve en salle, réglée à la température idéale pour la dégustation. Je n'ai jamais vu un choix de fromages aussi large. C'est surtout Andrea qui s'en occupe : la sélection de fromages n'est pas infinie et ce sont d'abord des fromages régionaux, donc piémontais. Mais il y a tout de même le seul stilton encore produit à la façon originelle, au lait cru, à présent bannie des usages en Angleterre. Et puis il y a le comté Marcel Petite, que beaucoup de Français viennent déguster ici, car c'est le seul endroit où ils sont sûrs de le trouver.

Chaque fois que je cherche quelque chose d'intelligent à faire et que j'ai l'impression d'errer entre les tables sans but précis, je m'enferme dans ce que Pietro appelle « l'office ». Il s'agit d'une niche profonde dans le couloir qui sépare le hall et la cuisine, où se trouvent la machine à café et le lave-vaisselle pour les verres. Je le remplis et, imitant Emilia, je passe autour de mes épaules une des nappes trouées, puis j'essuie avec les coins les verres du service précédent. À la cuisine, on entend la clochette tinter, ce qui signifie que certaines assiettes sont prêtes. Je continue de sécher les verres, car il ne m'en manque que deux, si bien que les assiettes attendent quelques secondes. Pietro arrive, il prend les assiettes et les apporte là où elles doivent aller, pendant que je regarde autour de moi, hébété. « Quand ça sonne à la cuisine, tu interromps ce que tu fais et tu te précipites », me sermonne Pietro une fois de retour. Depuis des années, je râle contre mes collègues parce qu'ils ne courent pas aussitôt vers moi quand les assiettes sont prêtes, j'aurais donc pu y penser tout seul.

Même quand je ne m'endors pas et que je cours effectivement à la cuisine pour retirer les assiettes, le fait est que je suis à présent passé de l'autre côté de la barricade, je dois le reconnaître. Quand j'entre dans la cuisine, je dérange, on m'éloigne et je ne sais déjà plus où aller.

Je sais que je ne peux pas me risquer à conseiller le vin, mais je peux au moins détailler les plats. Je n'ai aucun mal à me rappeler très précisément à quoi ils ressemblent. De ce point de vue au moins, j'ai l'impression de pouvoir être le genre de serveur que j'ai toujours voulu avoir à mes côtés. La très ancienne *finanziera* piémontaise, par exemple, est une sauce à base d'abats blancs de poulet et de veau, de crêtes de coq, de ris, de cervelle, d'amourettes et d'animelles : chez Consorzio, c'est une entrée, tandis que la *finanziera* classique est servie au centre de l'assiette, entourée de raviolis farcis de ris et de cervelle. Mais le bœuf braisé de Fassona au Ruché est sans doute le plat le plus demandé et le plus vendu.

« Excusez-moi, jeune homme, pouvez-vous me dire de quel morceau de viande il s'agit ?

— C'est la joue. Merci pour le *jeune homme.* »

Le plat le plus long à expliquer, sur lequel tout le monde ou presque m'interroge, est le *quinto quarto*, le « cinquième quartier ». Il s'agit d'une dégustation de quatre sortes d'abats cuits de différentes manières : les amourettes de veau, c'est-à-dire la moelle épinière, sont préparées en tempura ; les pieds de porc sont panés ; la cervelle de veau est servie en ceviche péruvien, marinée dans du jus de citron et d'oignon, et présentée froide ; enfin, l'utérus de veau, dont nous avons déjà parlé il y a quelques pages. Alors, dès qu'ils me l'expliquent, je demande des précisions à Pietro, je veux comprendre depuis combien de temps ils le font, si Diego Rossi et Juri Chiotti l'ont inventé ou s'ils l'ont fait ici les premiers. À ce moment, Pietro téléphone à Andrea, ils essaient de se rappeler la première fois qu'ils l'ont fait, et ils se lancent dans un sketch pour savoir lequel des deux a pensé le premier à faire bouillir de l'utérus de veau. Je sens presque venir la dispute diplomatique, mais elle se dégonfle immédiatement, car en réalité tout le monde est ami et s'apprécie. (Quoi qu'il en soit, ils l'ont d'abord fait chez Consorzio.)

Il est difficile de mesurer l'influence que le travail de Pietro et Andrea a eue sur la culture italienne du bien manger et du bien boire au cours des dix dernières années. La meilleure façon de le faire, c'est peut-être de vous exposer leur idée du vin.

Nous sommes tous plutôt d'accord sur la façon dont les choses que nous mangeons devraient être faites, en théorie du moins : les tomates du jardin sont meilleures que celles de supermarché, qui sont fades et dont les racines n'ont jamais connu la terre ; en théorie du moins, nous sommes tous plutôt d'accord sur le fait que la viande d'un animal élevé en liberté dans les pâturages est bien meilleure que celle d'un animal vivant dans les cruelles conditions de l'élevage intensif. Je parle de théorie, de ce que nous préférons dans l'abstrait. La réalité est autre chose, laissons-la de côté pour le moment. En théorie du moins, nous préférerions tous manger de la nourriture produite de manière artisanale.

Cependant, allez savoir pourquoi, quand il s'agit de boire, nous avalons allègrement des vins contenant une quantité invraisemblable de cochonneries. Le choix de Pietro, d'Andrea et de ceux qui ont travaillé avec eux ces dernières années chez Consorzio a dès le début été le suivant : servir des vins produits avec les mêmes critères que les légumes, la viande et le fromage qu'ils doivent accompagner. Cela vous semble-t-il logique, évident et cohérent ? Ça l'est.

Est-ce habituel ? Cela l'était-il il y a dix ans ? Absolument pas.

On peut définir ce type de vin de nombreuses façons : artisanal, paysan, propre, « vrai », naturel. C'est un type de vin qui a toujours été produit en Italie et ailleurs jusqu'au début des années cinquante, c'est donc probablement le vin qu'on buvait durant l'âge d'or des *osterie* et des trattorias ; par la suite, peu de gens ont continué de le faire, car c'était difficile et pas assez rentable. C'est aussi le vin que certains se sont remis à produire ces dernières décennies. Ce n'est pas la même chose, car les gens qui l'ont fait dans les années cinquante et ceux qui le font maintenant ne sont pas les mêmes. Le vignoble n'est pas traité avec des pesticides ou des produits chimiques. Le vin est fait avec du raisin et, dans l'idéal, rien d'autre. Le jus fermente seul, il n'est ni filtré ni traité pour obtenir une couleur spécifique. Aucun conservateur ou autre produit n'est ajouté pour le rendre plus pétillant ou moins pétillant, plus fort ou plus léger. Parfois il sent mauvais, comme les personnes, et ce n'est pas agréable. Parfois il a le goût et l'odeur de choses que nous avons toujours connues puis oubliées, d'autres fois il a un goût que nous n'aurions jamais imaginé. Pietro et Andrea ont toujours pensé que si l'on ne pouvait pas accompagner leur nourriture avec de tels vins, cela ne valait pas la peine de faire ce travail : c'est grâce à des gens comme eux qu'aujourd'hui on parle de plus en plus de vin naturel.

Pour moi, ça a toujours été une question de goût : avant de goûter des vins comme ceux-là, je n'en buvais tout simplement pas. Je n'aimais pas ça et je buvais de la bière. Puis, il y a quelques années, j'ai dirigé mon premier restaurant et, le deuxième jour, un client m'a dit une chose qui m'a vraiment troublé : « Vous faites une cuisine de ce siècle, mais vous servez des vins du siècle dernier. » Il me restait quelques bouteilles héritées de la précédente direction et je remettais à plus tard le moment d'en commander de nouvelles, car je ne savais pas trop quoi faire. J'ai demandé à l'ancien fournisseur de me faire goûter d'autres vins et je n'en ai aimé aucun ; puis j'ai demandé à deux distributeurs de vin naturel de me faire goûter ce qu'ils avaient et je n'ai commandé que ce que j'aimais.

Je n'y comprenais rien. En attendant d'y comprendre quelque chose, il m'a semblé que le seul choix honnête était de ne vendre que des vins que j'aurais aimé boire. J'ai utilisé tous les vieux vins pour faire des sauces et des viandes braisées et, à partir de cette semaine-là, comme par magie, les clients ont commencé à boire deux fois plus. Puis, peu à peu, je me suis mis à étudier et j'ai réalisé que les choses artisanales ne sont pas toujours meilleures que les choses industrielles, car pour bien les faire il faut des connaissances et de l'expérience.

Le Piémont est une terre de grands vins et de grande cuisine. Souvent, les Piémontais vivent les meilleures choses avec une forme de fierté diffuse, antique et indiscutable. C'est une sorte de passion et de respect qui a peu à voir avec l'enthousiasme de ces dernières années pour ce que nous mangeons, un enthousiasme souvent confus et générique. On ne peut donc qu'être fasciné par cette vision des choses, par ce système de croyances terrestres dont les divinités sont la truffe blanche, la noisette, le barolo, le barbaresco et les bovins XXL. Même s'il n'était pas piémontais, c'est ainsi que mon grand-père imaginait la beauté de ces gestes, manger et boire. Mais je ne suis pas né dans les années trente, je ne peux pas prétendre ignorer que répéter le nom de ces divinités comme un mantra ne suffit pas. Il y a des idées que nos grands-parents auraient pu avoir, des gestes qu'ils auraient pu faire, car ils étaient techniquement possibles : tel légume a toujours poussé dans cette région, telle vigne est là depuis soixante ans. Certains vins et certains plats peuvent faire partie, à tous égards, de la tradition d'une ville ou d'un groupe de villages. Pourtant, ce n'est pas le cas : tel plat et telle façon de presser ces raisins, la tradition n'y a jamais songé. Nos grands-parents avaient tout pour les inventer (de plus, ils avaient faim, ce qui stimule l'imagination), mais ce n'est pas arrivé.

Ils ne les ont pas inventés, mais à Turin, j'ai compris que nous pouvions inventer ces gestes.

Pietro ne vit pas à Turin. Il vit à côté d'un village du Monferrato qui porte un drôle de nom : Scurzolengo. Car c'est dans ces collines et parmi ces routes, où on imagine pouvoir croiser de temps en temps Paolo Conte, que naît le véritable « vin de la maison » Consorzio. Ce vin est produit par Nadia Verrua, la compagne de Pietro. En quelques heures, je suis arrivé à la conclusion qu'à Scurzolengo les gens s'appellent presque tous Verrua, même s'ils ne sont pas parents. Et ils semblent tous capables de distinguer très clairement les différentes origines familiales, les Verrua riches et les Verrua pauvres, ceux qui ont la terre et la travaillent, ceux qui ne l'ont pas, et ceux qui l'ont mais ne la travaillent pas. Les Verrua qui m'intéressent, ceux desquels descend Nadia, sont agriculteurs et viticulteurs depuis quatre générations. Ils travaillent la terre.

La ferme de Nadia et de sa famille s'appelle Cascina 'Tavijn : ce nom, que j'avais entendu à plusieurs reprises mais que je ne savais pas prononcer, me semblait très exotique. Le premier à faire du vin dans la famille, l'arrière-grand-père de Nadia, s'appelait Ottavio : peut-être parce qu'il était très petit ou peut-être, au contraire, parce qu'il était très grand, tout le monde l'appelait Ottavino qui, abrégé et adapté au dialecte, devient simplement 'Tavijn.

Pietro vient ici trois ou quatre fois par semaine, souvent tard le soir après le service, et un de ces soirs je l'accompagne, car le lendemain je veux aller voir où et comment est fait le ruché de la Cascina 'Tavijn. Le ruché est un cépage rouge qu'on ne trouve qu'ici, dans le Monferrato – quand on le trouve encore, car il est devenu très rare. Et il figure justement dans le plat signature de Consorzio, le bœuf braisé au ruché : cette joue de Fassona (la vraie), recouverte d'une sauce sombre, langoureuse et brillante faite avec du vin de la maison.

Je n'ai pas rencontré la cinquième génération de la Cascina 'Tavijn, car les deux filles de Nadia et Pietro étaient en vacances au bord de la mer. Mais j'ai rencontré la troisième génération, Teresa, la mère de Nadia, et son père, Ottavio, comme l'arrière-grand-père. Jusqu'au jour, il y a presque vingt ans, où Nadia a décidé de travailler elle aussi dans l'exploitation, leur vin était vendu et bu uniquement dans les environs, souvent en vrac, et presque jamais mis en bouteille. Ottavio raconte la fois où il est allé à Turin avec ses dames-jeannes pour essayer de le vendre à des *osterie* comme l'un des grands traumatismes de sa vie. Au fil des ans, beaucoup de gens ont encouragé Ottavio et Teresa à « améliorer » leurs vins avec une petite intervention chimique ou technologique, et parfois ils ont accepté – non sans une certaine méfiance –, car tout le monde disait que c'était l'avenir, et dans toutes les campagnes, collines et villes d'Italie, un nouvel adage circulait. Un adage qui ne ressemblait en rien à ceux de l'antique sagesse populaire, mais que peu de gens pouvaient contester : « Le vin du paysan est dégueulasse. »

À déjeuner, Teresa s'excuse presque : « Ces jours-ci, quand il fait chaud, on mange toujours des salades mixtes, j'espère que ça ira. » Puis elle se tourne vers son mari et l'invite à aller chercher une autre bouteille, pas comme celle-là… « On a un invité, on ne peut pas lui faire boire de la piquette… »

Nadia, qui a déjà compris, insiste pour que je boive ce vin-ci. Pour tout dire, je n'ai pas compris grand-chose, mais je vois circuler autour de la table deux carafes en verre transparent sans étiquette et, quand je vois des bouteilles sans étiquette, je suis tout excité, car un article de Mario Soldati me revient immédiatement en mémoire : « Si vous voulez être à votre aise en Italie – j'explique à mes amis étrangers –, vous devez découvrir le pays par vous-mêmes, en comptant sur la chance et l'instinct, car une loi fondamentale de l'Italie est justement celle-ci : ce qui a un titre, un nom, une publicité, vaut dans tous les cas beaucoup moins que ce qui est inconnu, caché, individuel. Les bouteilles de vin qui ont une étiquette sont presque toujours mauvaises ; les bouteilles sans étiquette et le vin en vrac sont presque toujours bons. Je sais qu'en Angleterre, certains très bons whiskies portent les marques les plus connues. Et, en

France, certains bordeaux et bourgognes. Mais, en France et en Angleterre, depuis des siècles, pas seulement pour les vins et les spiritueux, il existe un pont entre la société et l'individu, une société organisée, une hiérarchie des usages. Notre civilisation n'est pas inférieure, elle est différente. C'est une civilisation anarchique, hostile et rebelle. Ici, l'homme de valeur, comme le bon vin, fuit toute publicité : il veut être découvert et connu dans la solitude, ou dans la compagnie religieuse de quelques amis[1]. »

« À la maison, on ne boit pas notre vin, il est réservé à la vente, explique Nadia. Après les vendanges, on prend le marc de raisin pas trop pressé, on le met dans une cuve et on ajoute de l'eau. On le laisse fermenter pendant quelques jours, puis on le tire et on le presse. Le résultat est une boisson peu alcoolisée, parfois un peu pétillante, qu'on boit fraîche à table. C'est ce qu'on a toujours fait. »

Ottavio refait surface après une dizaine de minutes de silence : « J'aimerais voir ce que ça donne de faire du vin avec des vignes non taillées. » Je comprends qu'il y a des vignes qui ne peuvent pas être taillées, peut-être parce qu'ils n'ont pas eu le temps d'en prendre soin il y a quelques années et que, depuis, elles sont redevenues des bois.

1. « Il vino di Carema », article publié pour la première fois dans le *Corriere della Sera* le 5 juin 1955.

Les vins de la Cascina 'Tavijn peuvent être franchement audacieux. Ils ont souvent des noms très originaux et ludiques, en partie parce que tous ne peuvent pas être étiquetés suivant les dénominations officielles, et en partie, je pense, parce que ça plaît à Nadia. Celui qui devrait être un barbera d'Asti en raison de son cépage et de son terroir s'appelle Bandita, le ruché s'appelle Teresa, comme la femme qui le fait, et le grignolino s'appelle Ottavio, comme le mari de Teresa. Un autre grignolino refermenté en bouteille et donc pétillant, voire très pétillant, s'appelle Most(r)o (« Moûstre »).

Je bois du jus de raisin et je mange de la salade, et j'aime beaucoup ce non-vin très frais : il est bien meilleur que le vin allongé d'eau pétillante, ce que je fais souvent quand le vin est mauvais. C'est une boisson qui ne déclenche pas de culpabilité, un vin qui vous fait vous sentir un peu comme un enfant.

Je demande à Nadia et à sa famille s'ils n'ont jamais envisagé de mettre en bouteille et de vendre cette eau.

« Pourquoi pas ! » me répond-elle, et nous commençons à émettre des hypothèses quant aux noms qui pourraient figurer sur ces étiquettes et ces bouteilles, car Mario Soldati avait peut-être raison dans les années cinquante quand il invitait ses amis étrangers à chercher des vins sans étiquette et sans nom, mais ce ne serait plus aussi vrai aujourd'hui : les vins de

Nadia, Ottavio et Teresa, qui sont finalement très peu nombreux, sont également commercialisés en Australie, en Nouvelle-Zélande et au Japon. Et quand j'entre dans un restaurant à Londres, Paris ou Copenhague, si je vois une bouteille de la Cascina 'Tavijn, je sais d'emblée que c'est un endroit où je serai bien. Je ne sais pas si c'est parce que l'Italie a changé, qu'elle est devenue plus semblable à la France et à l'Angleterre. Honnêtement, je ne pense pas que notre civilisation soit différente. Il ne me semble pas que « notre civilisation » soit particulièrement anarchiste et rebelle. Nous sommes tous devenus agressifs, mais pour d'autres raisons. Quant au pont entre la société et l'individu, je crois qu'il vaut mieux laisser tomber. Un vieux proverbe italien dit la même chose que Soldati : « Une bonne *osteria* n'a pas besoin d'enseigne. » Moi, en revanche, j'ai besoin de ces étiquettes et de ces enseignes. Ce sont elles qui me permettent de trouver, chaque fois dans un coin de monde différent, la « compagnie religieuse de quelques amis ».

Lorsqu'on a fini de manger, on se repose un moment en attendant que le soleil descende et devienne plus doux.

Puis on retourne au vignoble. Je dois m'occuper d'une vigne mixte, dont on me dit que c'est du raisin de table. Je reçois mes instructions, je suis Ottavio le long de la rangée de pieds et il m'explique que je dois enlever les « femelles ». Ce sont les sarments nés sur les nouvelles pousses de la vigne, qui ne produisent pas de grappes et qui, s'ils restaient sur la plante, priveraient le raisin de nourriture. Surtout, elles risquent de couvrir puis d'étouffer les grappes et les autres feuilles, créant un microclimat favorable à de mauvaises choses ; il faut donc les enlever, afin d'« aérer la végétation ». J'aimerais bien comprendre pourquoi les œnologues, les botanistes et les agriculteurs ont ressenti ce besoin désespéré d'identifier comme « femelles » certaines pousses inutiles, stériles et parfois nuisibles.

L'été est très chaud et les grappes sont pratiquement déjà formées : alors que je cherche les femelles et que je n'arrive pas à les distinguer, je reconnais des espèces de grappes microscopiques beaucoup moins mûres que les autres, dont les grains de raisin ressemblent à la tête d'un petit clou, et je commence à imaginer des histoires. Je me demande ce que c'est, si ce sont les grappes qui se trompent ou qui sont mal sorties. Ottavio voit que je les regarde et m'explique de quoi il s'agit.

« Ce sont les grappes de la Saint-Martin… »

Martin de Tours était un soldat de la Rome impériale. Par une nuit froide, au cours d'une patrouille, il rencontra un mendiant à moitié nu et, pour le protéger, il déchira sa cape en deux puis la partagea avec le mendiant, gardant la moitié pour lui. Sauf que, peu après, Martin rencontra un autre mendiant, auquel il donna la seconde moitié de sa cape. Une fois qu'il eut perdu son manteau, le ciel s'éclaircit d'un coup, il se mit de nouveau à faire chaud et Martin eut le temps de rentrer s'abriter.

Ce n'est pas ce qui se passe dans la vie des saints, mais dans les campagnes, en effet, il arrive qu'il fasse plus chaud au début du mois de novembre, étrangement. Ces deux ou trois jours de tiédeur qui arrivent à la fin de l'automne sont un phénomène météorologique réel et documenté, que la culture populaire et rurale du sud de l'Europe identifie de différentes manières : dans de nombreuses régions d'Italie, on l'appelle « l'été de la Saint-Martin ».

Cette date, le 11 novembre, était également le jour où, traditionnellement, les contrats de travail (et donc de location) des métayers et des agriculteurs se terminaient : la saison chaude était finie, les activités agricoles se réduisaient au minimum et ils devaient partir à la recherche d'un nouvel emploi et d'un nouveau maître. Ainsi, durant ces jours où les paysans sans travail et sans guère de certitudes se transformaient en voyageurs, cette chaleur supplémentaire était un véritable cadeau.

Ma grand-mère utilise rarement le verbe « déménager » : dans les moments de plus grande expressivité en particulier, déménager et se déplacer deviennent, en dialecte, « faire la Saint-Martin ». Ma grand-mère est née en 1936 et elle n'a jamais « fait la Saint-Martin » au sens agricole du terme, car ses parents n'étaient pas des paysans. Je ne peux pas m'empêcher de penser que, depuis la génération de ma grand-mère, nous sommes tous devenus bien plus sédentaires, fort heureusement : dans la campagne où je suis né et dans beaucoup d'autres, ceux qui se déplacent ne serait-ce que de quelques kilomètres sont encore perçus comme des étrangers, peut-être parce que se déplacer signifiait souvent porter le stigmate social de la pauvreté.

Comme mes connaissances en matière de botanique sont limitées, il m'a fallu un certain temps pour comprendre ce que sont techniquement ces grappes de la Saint-Martin. On les appelle des racèmes et, si je ne m'abuse, ce sont les rares grappes qui produisent parfois les femelles (lesquelles ne sont d'ailleurs pas stériles). Ce sont des fruits tardifs, qui mûrissent beaucoup plus tard que les autres, au mois de novembre.

Plusieurs semaines après la récolte, vers le 11 novembre, alors que les fermiers et les métayers préparaient leurs affaires, les vignes dont ils s'étaient occupés pendant de nombreux mois, à présent presque nues, leur réservaient parfois une petite surprise : un raisin très sucré, dont le propriétaire ne se souciait pas. Et donc, avant de partir, ces paysans, comment dire… le grappillaient.

Dresser les assiettes à la louche

Comme tout le monde, j'ai commencé à faire la cuisine parce que je voulais dresser les assiettes. Comme tous ceux qui sont devenus cuisiniers et, surtout, tous ceux qui ont rêvé pendant cinq minutes au moins de le devenir mais ne sont pas encore allés jusqu'au bout. J'achetais de grandes assiettes aux formes étranges et j'essayais d'y sculpter des gouttes de sauces colorées, j'essayais de reproduire fidèlement les images d'assiettes de chefs célèbres trouvées ici et là, de faire des mousses, des boules et des poudres de choses que je ne réussissais jamais, qui étaient laides, et qui, bien sûr, ne ressemblaient pas, même de loin, à un plat qu'on ait envie de manger.

Puis ça m'a passé et j'ai commencé à faire la cuisine. Mais pas mal de temps *après :* il me reste donc une quarantaine d'assiettes dépareillées, irrémédiablement solitaires et inutiles. Une des choses qui m'ont fait passer une fois pour toutes cette envie de sculpter ce que je cuisine, c'est que, depuis quelques années, je n'ai absolument pas le temps de le faire. Ces trois dernières années, j'ai toujours travaillé dans de petits bistrots où on sert une quarantaine de couverts, et je n'ai pratiquement jamais travaillé dans une cuisine de plus de deux mètres carrés. Certes, dans les vrais restaurants, grands et célèbres, le chef ou le cuisinier est au passe : là, il observe, crie, rythme le travail des autres chefs. À un moment donné, il reçoit tous les éléments nécessaires pour assembler les assiettes commandées, et il les dresse. Lorsqu'il a terminé, il appelle les serveurs et les assiettes sont servies.

Dans le restaurant où je travaillais il y a quelques mois encore, j'étais seul et, à côté de moi, j'avais généralement un Bengali ou un Indien, dont le rôle est, dans le langage politiquement correct, celui d'« agent polyvalent ». Les tâches des agents polyvalents sont très variées et dépendent en partie de l'expérience et de l'envie d'apprendre de l'intéressé, mais surtout de la volonté et de la patience dont nous faisons preuve, nous, les cuisiniers, pour les leur enseigner. En gros, ils font la vaisselle et nettoient la cuisine.

Il faudrait écrire au moins un autre livre sur eux et sur leur monde, et je pense que je le ferai un jour. Pour l'instant, je me contenterai d'une brève anecdote.

Dans la mesure du possible et dans les limites de ma patience, j'essaie de les faire vraiment cuisiner avec moi, ces « agents polyvalents ». Bien sûr, je leur fais faire presque toutes les choses ennuyeuses que je n'ai pas envie de faire moi-même, mais chaque jour j'essaie aussi de comprendre si un certain geste « prend ». En ce qui concerne la cuisson, par exemple, il est très rare qu'ils parviennent à maîtriser celle de la viande, car en Europe, et surtout en France, la règle est de cuire la viande de manière à obtenir le plus de saveur possible et, surtout, la consistance la plus tendre possible. Le bœuf doit donc être saignant, bien sûr, mais le veau, le porc, l'agneau, le canard et le pigeon aussi doivent être *rosés**. Or, quand on est né et qu'on a grandi dans un pays où la moitié de l'année il fait quarante-cinq degrés, il est presque inimaginable de manger des choses crues ou même *rosées**, car la viande ne supporte pas le climat chaud. C'est la même chose en Italie : connaissez-vous un plat de viande traditionnel en Sicile à base de viande crue ou peu cuite ? Voilà. Ce n'est pas une règle absolue, il y a de nombreuses exceptions : les Éthiopiens mangent de la viande crue et les Pouilles ont la plus grande tradition de poisson cru en Europe. Mais tout de même. Tout ça pour dire que si je dois leur faire faire quelque chose, cela concerne généralement les pâtes ou le riz. D'habitude, je leur confie certaines étapes de la cuisson, puis je dresse moi-même les assiettes, mais je dois parfois servir une table de douze personnes, je n'arrive donc pas à tout faire et j'ai besoin d'aide.

En principe, avant de dresser les assiettes, l'agent polyvalent me demande mon autorisation. Comme ça :

« Chef, moi décorer ?
— Oui, Dulal. Toi ! »

Dulal avait raison : dresser les assiettes signifie entre autres choses les *décorer*. Cela signifie rendre ce que nous servons appétissant et attirant.

En français, on emploie le verbe « dresser », comme pour « dresser la table ». En anglais, on parle de *plating*. Dans de nombreuses traditions du sous-continent indien, on sert la nourriture sur des feuilles de bananier et, souvent (surtout dans un cadre domestique), il n'y a qu'une seule grande feuille, sur laquelle on verse le contenu de la casserole, de sorte que la feuille est la même pour tous les commensaux, qui se servent avec les mains. En discutant avec mon collaborateur actuel, qui vient du Sri Lanka, j'ai découvert qu'en tamoul, « dresser les assiettes » se dit : பரிமாறவும், dont la translittération est *parimāṟavum*. D'après le peu que j'ai compris, la racine a à voir avec « transférer » et peut-être aussi avec « élargir », « étirer ». Quand on l'a vu faire une fois, c'est très clair.

Je trouve assez curieux qu'on parle autant de nourriture, de chefs et de cuisine, mais que personne n'ait jamais pensé à esquisser un début de théorie en matière de dressage des assiettes. Pour les besoins de ce récit, essayons.

Nous photographions comme des fous les plats que nous mangeons. L'apparence des choses que nous mangeons nous excite incroyablement, parfois plus que les manger. Cette réaction qui se désintéresse de la substance vous agace-t-elle ? Le correcteur automatique de mon portable semble partager votre sentiment, car il ne comprend toujours pas ce que je veux dire et corrige « dresser les assiettes » en « tresser ». Est-ce une chose frivole ? Sans aucun doute. Est-ce esthétisant ? Sans aucun doute également. Est-ce *seulement* une chose frivole et esthétisante ? Je ne le pense pas.

Mettre des choses dans une assiette ou dans plusieurs, dans des plats à cuisson, des bols, des poêles et des plateaux, c'est donner une forme définitive à ce qu'on a cuisiné. Et la forme définitive de ce que nous cuisinons, de ce que nous mangeons, correspond à l'idée que nous nous faisons de ce plat. C'est la façon dont nous l'imaginons, la façon et la raison qui nous permettent de considérer cette chose comme un déjeuner, un dîner, un petit déjeuner, un goûter ou une faim chimique.

La forme d'un aliment est la façon dont nous l'imaginons, disions-nous. Quand nous mangeons des aubergines à la *parmigiana*, nous mangeons un plat de *parmigiana*, coupé en carrés que se partagent les différents commensaux. Le bento japonais est une boîte à compartiments qui contiennent des glucides, des protéines, des fibres, etc. En revanche, le kebab est un sandwich enroulé dans du papier avec des morceaux de viande croquants à l'intérieur ; la pizza est ronde et cuite sur la pierre ou coupée en tranches et cuite sur une plaque de cuisson.

Claude Lévi-Strauss a écrit il y a longtemps que, pour nous, la nourriture ne doit pas seulement être bonne à manger, mais aussi et surtout « bonne à penser ». Cela ne suffit pas non plus, du moins aujourd'hui : ce que nous mangeons doit désormais être « bon à regarder ».

Si on peut être sceptique devant la formidable explosion culturelle qu'ont connue la nourriture et la cuisine, on ne peut pas ne pas dresser les assiettes. Le geste de mettre des choses dans une assiette pour les offrir à celui ou celle qui va les manger est inévitablement chargé de signification. Bien sûr, on peut être minimaliste : on peut se contenter d'y mettre une tomate entière et la servir comme ça, sans assaisonnement et sans même la couper.

Pour les grands chefs de ces cinquante dernières années, le principal défi intellectuel a été de faire comprendre aux clients qu'aller au restaurant ne signifiait pas seulement *manger*. La nourriture et les plats ne devaient pas ressembler à de la *nourriture* ni à des *plats*. Ils devaient ressembler à autre chose : une chose abstraite, ou même concrète, qui existe dans le monde mais n'a rien à voir avec la nourriture, et que le chef a pu reconstituer en se servant de carottes et d'oignons.

L'histoire récente du dressage des assiettes est l'histoire d'une bataille pour la reconnaissance culturelle : les sociologues appellent ça la « distinction ». C'est l'attitude que les personnes d'un groupe spécifique adoptent pour montrer qu'elles sont différentes et, d'une certaine manière, supérieures aux autres. Cette histoire récente est marquée par cette nécessité : éliminer les formes connues de la nourriture pour permettre à ceux qui mangent de ressentir une émotion esthétique et intellectuelle pure.

Ensuite, il y a des chefs qui, après avoir éliminé ou détourné ces formes, sont capables d'en reproduire le souvenir, plus ou moins par surprise, dans la bouche de ceux qui mangent.

Je n'ai rien contre la grande cuisine. J'ai beaucoup d'amis qui en font. Il existe des techniques qu'on ne pourrait pas expérimenter sans les structures d'un restaurant étoilé et qui ne seraient donc jamais inventées. Mais j'ai aussi beaucoup d'amis qui, en essayant de faire de la grande cuisine, finissent par faire des plats médiocres, alors qu'ils réaliseraient des choses extraordinaires s'ils pouvaient ou voulaient faire plus simple. Car aujourd'hui les choses ont un peu changé. Contrairement à ce qui se passait il y a cinquante ans, la cuisine – qu'elle soit grande ou non – est désormais tranquillement reconnue comme faisant partie de la culture pop, voire comme un art. Pendant plusieurs décennies, les cuisiniers ont voulu la reconnaissance, et ils l'ont obtenue.

Prendre un fruit, le poser sur une assiette et le servir en dessert, c'est dresser une assiette : c'est le « degré zéro » du dressage d'assiette. Choisir de ne rien faire, c'est dans tous les cas faire quelque chose. Un vrai choix.

Puis il y a les chefs et les pâtissiers qui servent des desserts dont la forme et l'apparence sont celles, bien reconnaissables, d'une pêche, mais qui contiennent en fait des sorbets, des cœurs en chocolat, des coquilles croustillantes et pelucheuses en pâte d'amande, etc. On voit une pêche, mais ce n'est pas une simple pêche, il y a tout un monde caché à l'intérieur.

Quand on les regarde, certains plats vous donnent faim et d'autres ne vous donnent pas du tout faim. Notre travail consiste, d'une manière ou d'une autre, à donner faim.

Par exemple : les anciennes trattorias italiennes étaient un endroit où on ne se posait absolument pas ce genre de questions. Les trattorias étaient un endroit où on jetait les choses dans l'assiette, puis on mettait un peu de poivre, un filet d'huile (ou deux, trois, cinq filets d'huile) ; et à la fin, pour faire bonne mesure, une belle poignée de persil, « histoire de donner de la fraîcheur ».

Je dois vous avouer une chose : j'aime le persil. J'aime beaucoup ça : j'en mettrais partout et, quand je suis distrait, c'est ce que je finis par faire. Parfois, les clients se plaignent : « Vous n'auriez pas un plat sans persil ? » Heureusement, pour dire qu'une personne est partout, omniprésente, en tout lieu et en toutes circonstances, on dit en Italie qu'elle est *comme le persil**, je m'en tire donc presque toujours avec un bon mot.

Chez les gens avec qui j'ai fait la cuisine ces derniers mois, on retrouve un air de famille dans leur façon de disposer les choses dans les assiettes. Ils le font, pour ainsi dire, « à la louche ». Utiliser une louche signifie qu'on n'éprouve pas le besoin d'impressionner les personnes qui vont manger ce plat. On n'essaie pas de les étonner à tout prix, on ne tient pas à leur faire mesurer combien ce qu'on vient de réaliser est difficile. Comme le savent les personnes qui ont eu un semblant de vie sentimentale, ne pas chercher à impressionner est presque toujours la garantie d'y parvenir et de la meilleure des façons, c'est-à-dire en révélant la partie la plus authentique de soi-même. Je ne dis pas que c'est facile : moi, par exemple, je n'y parviens presque jamais.

Dresser les assiettes à la louche, c'est placer les choses avec le soin et la délicatesse qui ont toujours fait partie de ce travail, mais en laissant croire que c'est arrivé par hasard, que cette image est unique et impromptue, car ces choses ont été mises là comme ça, d'un geste léger et sûr, avec *nonchalance**.

No Country for Old Sauces

On dit que c'était l'élève préféré de Gualtiero Marchesi, chez qui il a commencé à travailler à l'âge de dix-sept ans. Comme tous les jeunes cuisiniers prodiges, il a fait le tour des cuisines d'Europe avant ses vingt-cinq ans. Il n'en a pas trente lorsqu'il arrive au Canto pour prendre les commandes de la cuisine, dans un hôtel de luxe dans la campagne siennoise, la Certosa di Maggiano. Le menu était imposé, comme le sont toujours les menus censés transmettre la vision de ceux qui les conçoivent, et la clientèle souvent internationale, comme il se doit dans ces merveilleuses collines toscanes. Certains, surtout des Américains, demandaient toujours de la salade. Pas une salade en particulier, pas la salade qui figure au menu : une salade générique, n'importe laquelle. Ça arrive à tout le monde, à Paris ça m'est arrivé des dizaines de fois, et chaque fois j'étais furieux au point de jeter un objet par terre. Mais lors de ce voyage, j'ai été témoin d'une scène comme celle-là à trois reprises, et chaque fois elle a déclenché les mêmes insultes retenues à grand-peine, dans trois dialectes différents. Aucun de nous n'a envie de servir une salade à la con. D'ailleurs, le chef Paolo Lopriore n'avait aucune intention d'en servir. Le client n'a pas toujours raison, mais il est presque toujours convaincu d'avoir raison, et ne pas lui servir la salade qu'il a demandée peut se révéler agaçant pour tout le monde. À un moment donné, Lopriore décide donc que tous les jours, le hors-d'œuvre serait une salade. Une salade d'herbes des champs, cueillies dans la campagne siennoise ou importées de l'autre bout du monde. La salade n'est pas assaisonnée : il n'y a ni huile, ni sel, ni vinaigre. Il n'y a *rien*. Il n'y a pas de couverts non plus et, si vous en demandez, on ne vous en apporte pas. Vous devez la manger avec les mains. Depuis ce jour, plus personne ne demande de salade.

On l'aura compris, Lopriore est le genre de chef qu'on aime ou qu'on déteste. Certains disent qu'il fait une cuisine absconse et incompréhensible, trop éloignée du territoire qui l'entoure et trop internationale. Ceux qui l'aiment disent qu'il a, plus que quiconque, le courage d'oser et de faire des erreurs, un courage qui n'a pas de prix.

Je ne suis jamais allé à l'hôtel Certosa di Maggiano. Mais si j'y étais allé, je n'aurais certainement pas mangé au Canto, d'une part parce que je ne peux pas me le permettre et, de l'autre, parce que l'idée d'entrer dans un hôtel de luxe me met mal à l'aise. Je n'y suis jamais allé et je n'irai jamais, car ce chef n'y travaille plus : au bout de treize ans, après avoir gagné puis perdu une étoile Michelin, Lopriore est parti.

En revanche, je suis allé à Appiano Gentile.

Il n'y a guère de raisons d'aller à Appiano Gentile.

Le seul motif pour lequel vous pourriez avoir entendu ce nom, c'est que, juste en dehors de la ville, se trouve le centre d'entraînement de l'Inter, l'un des deux clubs de football milanais. Il se trouve que je suis supporter de l'autre, le Milan AC, et je n'irais certainement pas là-bas pour ça non plus. La ville est située à trente-cinq kilomètres de Milan et un peu moins de Côme, dans une campagne industrielle lombarde plutôt morne et déprimée. Elle n'approche même pas les dix mille habitants.

Mais Appiano Gentile est la ville où Lopriore a grandi et où, il y a deux ans, il a décidé de revenir. Il a rassemblé ses économies et s'en est servi pour racheter un bureau de tabac sur la place principale de la ville. Il a tout réorganisé, ouvert un jardin intérieur et créé une cuisine que l'on peut voir quand on passe en voiture. L'endroit compte vingt-cinq places assises et s'appelle Il Portico. Quatre ou cinq gars travaillent en cuisine et deux ou trois personnes en salle, dont l'une est parfois sa mère. Pas de luxe, pas d'hôtel : tout le monde est habillé normalement.

Du reste, contrairement à un hôtel, les prix sont à deux chiffres : au déjeuner, il y a même le menu ouvrier, à seize euros avec le café.

Quand il est venu ici, Lopriore a complètement changé sa cuisine. La seule chose commune à ce qu'il faisait avant et ce qu'il fait maintenant est que, aujourd'hui comme alors, manger ici peut être extrêmement déstabilisant.

Ce qui est vraiment déstabilisant au Portico, c'est que Paolo Lopriore ne dresse pas les assiettes : il conçoit une assiette, ou plutôt un plat, qui est composé d'un élément principal (légume, viande, poisson, pâtes, riz, pizza frite, etc.), et l'accompagne ensuite de divers autres, diverses sauces et garnitures. Certains sont classiques et traditionnels, d'autres très originaux. Jusqu'ici, tout est normal : le fait est que tous ces éléments sont servis à table séparément, chacun dans son plat ou son bol, avec une cuillère qui permet de prendre ce qu'on veut.

Les assiettes posées devant chaque client sont vides : on doit se débrouiller seul, on choisit soi-même les quantités et la manière dont les différents ingrédients interagissent. Au Portico, le travail du chef est très différent : il ne s'agit pas de créer un plat, mais de créer les éléments et de prévoir, d'évaluer leur possible compatibilité, en laissant la décision finale à ceux qui mangent. Vous ne voulez pas de sauce à la réglisse ? N'en prenez pas. Vous ne voulez manger que des pâtes au beurre ? Il y en a, prenez-en, il suffit d'ignorer la sauce tomate, et les feuilles de basilic, le pecorino, les galettes de veau frites sont dans d'autres bols tout autour.

Il fait la même chose avec l'entrée, le plat et aussi le dessert.

Le chef ne cesse d'entrer dans sa cuisine et d'en sortir. Parfois, il fait même un détour et va dans la rue, puis il rentre par l'arrière. Tout cela semble un peu chaotique : quand on est en cuisine, on a la sensation d'être dans un endroit ouvert depuis quelques semaines à peine, aux rouages pas encore bien huilés. Le problème, c'est que le Portico est ouvert depuis deux ans ! Or ce qui se passe est différent : quand un restaurant vient d'ouvrir, c'est le chaos, mais il y a aussi de l'anxiété, de la confusion, des choses qui tombent et font du bruit. Un restaurant pas encore rodé est un endroit où tout le monde court dans tous les sens et où tout va trop vite, sauf les assiettes, qui ne sortent pas. Ici, au contraire, il n'y a pas d'anxiété, seulement de la trépidation. Les assiettes ne sortent pas, en effet, puisqu'il n'y en a pas. Mais le service est fluide, avec beaucoup de petits bols qui circulent dans la salle sur des plateaux comme sur un manège.

Malgré les milliers de livres et tout le bruit qu'on fait autour d'elle, la cuisine reste un savoir instinctif, manuel, local et folklorique. Pas national, car souvent les peuples qui ont produit ce savoir n'existent plus ou sont même imaginaires. Inventées fortuitement par des monarques capricieux ou des communautés recluses, les lois qui régissent chaque tradition gastronomique continuent pourtant de n'être écrites nulle part. Beaucoup de gens (dont moi) s'obstinent à en parler, à essayer de l'expliquer, mais la cuisine reste, par chance, dirais-je, un art fondamentalement analphabète. Analphabète ne signifie pas ignorant ni stupide : cela signifie qu'il ne s'exprime pas avec des mots, moins encore avec des mots écrits. Le système de gestes qui distingue la cuisine italienne de la cuisine indienne, par exemple, reste inaccessible et non formulé.

C'est sans doute pour cette raison que les chefs qui travaillent loin de leur pays d'origine sont souvent les plus intéressants. On étudie nécessairement la grammaire des langues étrangères, alors qu'on peut se dispenser d'étudier la grammaire de la nôtre. De la même manière, aborder une cuisine étrangère permet de voir beaucoup de choses qu'on ne verra pas dans la nôtre : les gestes, les tics et les tabous d'une cuisine non maternelle apparaissent immédiatement, car ils sont opaques. Alors que les tics et les gestes de notre cuisine domestique sont transparents, nous les reproduisons sans nous en rendre compte et nous sommes incapables de les reconnaître quand nous les voyons.

Adam Gopnik a fait remarquer un jour que le principe fondateur de la grande cuisine française peut se résumer à un vieil adage dadaïste : *take something, do something to it, then do something else to it.* De fait, le geste qui a rendu la cuisine française immortelle est le suivant : prendre des protéines (souvent un morceau de viande), les faire cuire dans une poêle, les retirer, puis récupérer les sucres caramélisés au fond de la poêle en *déglaçant* avec du vin ou du bouillon ; puis ajouter du beurre, de la crème ou autre chose ; enfin, préparer une sauce avec laquelle on accompagnera les protéines ci-dessus. Ce qui est ingénieux et presque philosophique dans la cuisine française, c'est que l'aliment choisi s'accompagne en définitive de lui-même.

Les rôtis cuisent sur le feu, dans des casseroles en terre cuite couvertes, et cuisent très lentement. Lopriore est du genre à vous observer : ce n'est pas évident – pour les êtres humains en général, et moins encore lorsqu'on est le chef d'une cuisine où le service commencera dans quelques minutes, et qui doit donc avoir à l'esprit tout ce que font les membres de sa brigade. « D'un point de vue technique, c'est un rôti *mort*, comme l'appelait le critique gastronomique du XIXe siècle Pellegrino Artusi. On dit qu'il est mort parce qu'il est couvert tel un sarcophage, il me semble. »

En disant cela, son attention se porte soudain sur le couvercle du sarcophage, et mon regard ne trouve rien de plus intelligent à faire que de suivre le sien.

« Ce pays n'est pas pour les sauces, explique-t-il à un moment donné en ouvrant le couvercle. C'est un pays de petits jus. Le petit jus est une réduction accidentelle : il voile, agresse puis redonne de la saveur à l'aliment. Pour le créer, on n'a pas besoin de technique ni de quantités précises comme pour les sauces traditionnelles de la cuisine française. Il faut un peu de prudence, de l'attention et, par exemple, une casserole en terre cuite qui n'attache pas, puis le petit jus se fait tout seul : c'est un effet secondaire très agréable. Ce n'est pas une chose qu'on fait, c'est quelque chose qui arrive.

Le plus beau, avec le petit jus, c'est sa polyvalence absolue : on peut l'utiliser pour le riz, pour les lasagnes, on peut accompagner une assiette de pâtes en attendant la viande.

Ou bien on peut le servir dans un bol à part et manger des pommes de terre à la place de la viande, ou même y tremper la salade. Et c'est exactement ce qu'on fait au Portico, avec des éléments originaux et très élaborés, ou avec ce que ma grand-mère appelle « les saveurs de la tradition, tu sais... Mon Dieu, les saveurs que j'aime... Voilà ». Les petits jus voyagent partout : ils n'accompagnent pas seulement la viande, mais aussi les blettes, les haricots verts et les poires cuites au vin qu'on mangera au dessert. Le chef a sans cesse de nouvelles idées sur la façon dont on peut utiliser tel ou tel petit jus. Et comme personne ne doit passer du temps à décorer les assiettes avec des fleurs, des herbes et des gouttes de sauce, tout le monde peut l'écouter et suivre ses instructions.

Je me rends compte que les restaurants que j'aime le plus dernièrement sont ceux qui, bien que de manières très différentes, font une cuisine proche de ce que nous mangeons au restaurant comme repas du personnel : une cuisine brutale et frugale. « Ce que j'aime, c'est identifier la créativité du goût, et donc, quand on ne change pas et qu'on ne nettoie pas l'assiette, les saveurs qui se superposent sont amplifiées. Je pense que c'est la seule créativité que nous ayons en Italie : nous n'avons pas de créativité technique, nous n'aimons pas déconstruire notre assiette, mais nous avons un palais bien exercé qui aime découvrir la complexité du goût. Nous sommes les seuls qui, devant un kilo et demi de pâtes, prenons du plaisir jusqu'à la fin et ne nous lassons jamais. Les pâtes sont l'un des plats les plus monotones au monde ! Mais nous sommes les seuls à y prendre un plaisir éternel. »

Dîner chez Lopriore, c'est aller au restaurant pour manger quelque chose de nouveau, et comprendre, en mangeant, que c'est ce qu'on a fait toute sa vie. Je lui demande si, d'après lui, ce n'est possible qu'en Italie : « Je crois, oui, d'ailleurs je vois un grand enthousiasme chez les étrangers : l'étranger perçoit (et aime) une table italienne justement pour sa confusion. Il aime la table dressée, riche et chaotique, et aussi les combinaisons de saveurs, qui sont après tout assez anarchiques. Ferran Adrià a certes révolutionné les techniques, mais il n'a jamais changé la structure traditionnelle du repas espagnol : manger chez lui, c'était comme aller dans un bar à tapas. Il a conservé et représenté une forme, et il en a changé le contenu. En Italie, malheureusement, nous avons peu à peu adopté de nombreuses formes qui n'avaient rien à voir avec nous : ce que j'essaie de faire, c'est mettre en valeur et conserver des usages qui sont les nôtres. C'est seulement à partir de là que je peux commencer à cuisiner. »

Donc, au fond, vous voulez refonder la trattoria italienne ?

« Oui, c'est un peu l'idée. En Italie, les gens ont toujours choisi de manger à la maison plutôt qu'au restaurant, car à la maison on mange mieux : ailleurs, c'est complètement différent. Pour nous, aller au restaurant est presque une solution de repli. Je voudrais donner du professionnalisme à chaque secteur : nous avons tous le droit d'être bien servis, en fonction de ce que nous payons, naturellement, d'un à cent cinquante euros ; chaque chose a sa valeur, on ne doit ni la snober ni la mythifier. J'aime l'idée de former des jeunes qui, un jour, pourront ouvrir un restaurant sans nécessairement avoir un mécène qui paie : je voudrais que chacun de mes jeunes fasse un petit Portico dans sa ville de province, évidemment avec sa cuisine. Je pense que c'est beaucoup plus important que d'espérer un jour diriger un grand restaurant. »

La culture visuelle de la nourriture que nous avons développée se fonde sur une correspondance presque univoque entre le plat et le client, ce qui entraîne une concentration esthétique croissante sur l'assiette : je ne suis pas ce que je mange, je suis mon assiette. Quand nous les dressons, nous savons tous que cette herbe ou cette fleur ne sont sans doute guère agréables à manger. Mais elles font belle figure, alors nous les mettons quand même.

Pas ici : tous les bols arrivent, par exemple pour le dessert. Il y a une montagne de glace à la crème, puis une mousse de caramel au beurre salé, une gaufrette aux amandes, des morceaux de potiron confit (« Un jour, il y a un mois, j'ai reçu des potirons pas encore mûrs. Ils n'étaient pas bons et je me suis dit : essayons de les traiter comme des *marrons glacés** »), des raisins secs, une crème d'amandes et du chocolat fondu qui, si on le verse sur la glace à la crème, se solidifie aussitôt et forme de la *stracciatella*. Les gens assis à cette table conviviale voient tout ça, ils se disent : quelle merveille, je vais créer mon plat et je le prendrai en photo. Mais ensuite, ils font leur assiette, se mettent à manger et à jouer. Et ils ne prennent pas de photo, car ils oublient. »

Aller au restaurant, au fast-food ou dans une trattoria n'est pas une obligation. Ceux qui cuisinent pour vivre ne rendent donc pas un service public : ils rendent ce service et, s'ils le souhaitent, les autres peuvent l'acheter. Si nous ne voulons pas acheter ce service-là, s'il ne répond pas à nos souhaits, nous allons en toute logique le chercher ailleurs. Si nous ne trouvons nulle part ce que nous voulons, nous optons pour une solution de repli, dans laquelle nous serons prêts à investir moins d'argent, de temps, d'attention et d'enthousiasme. Aller au restaurant n'est pas une obligation : se nourrir, si. Et si ce que nous voulons ne s'y trouve pas, nous mangeons à la maison.

Mais que désirons-nous ? Qu'est-ce qui nous manque au point d'être disposés à payer pour l'avoir ?

Quelle sera la prochaine mode en matière d'alimentation ?

Combien de fois m'a-t-on demandé : « Ce sera l'année du céleri ou celle du chou-fleur ? L'année des raviolis ou des gnocchis ? »

Je me demande si les modes et les tendances de la gastronomie de ces dernières décennies ne racontent pas justement ça. Dans les années soixante, surtout en France, notre culture exigeait des restaurants qu'ils proposent des plats ne ressemblant pas à de la nourriture : nous attendions des restaurants et des jeunes chefs de la *nouvelle cuisine** des plats apparemment absurdes, frivoles et soignés. Mais pourquoi voulions-nous que la nourriture ressemble à autre chose ? N'était-ce pas le cri de joie d'un imaginaire collectif qui, pour la première fois depuis des siècles, était enfin à l'abri de la faim ?

Puis nous avons désiré et en partie obtenu une nourriture en mesure de nous restituer des choses que nous sentions perdues. Aucun d'entre nous ou presque n'avait plus de potager, les vrais fruits et légumes disparaissaient peu à peu, et nous avons alors désiré une cuisine végétale, si possible avec des produits cultivés directement par ceux qui les cuisinent. C'est ce qu'on appelle *agriturismo* en Italie ; et, dans le reste du monde, *farm-to-table cooking*. Quand nous avons compris que nous avions perdu tout lien avec la campagne et la terre qui nous entourent, nous les avons recréées dans la cuisine des terres sauvages, d'abord celle des pays nordiques, qui ont « inventé » une nature dont personne ne soupçonnait l'existence.

Si la trattoria est un restaurant où on mange comme à la maison, on comprend bien quel genre de cuisine nous sommes destinés à vouloir, me semble-t-il : nous désirons une nourriture qui soit cuisinée comme à la maison et qui ait le goût de la maison. Nous voulons une nourriture qui ait le goût d'une maison idéale et parfaite, la meilleure de toutes les maisons possibles : avec beaucoup de légumes, des abats insolites, une grande quantité de pâtes et, pourquoi pas, quelqu'un qui nous comprend et qui tient à nous. Et je crains que ce soit justement parce que, au fond, cette maison, nous ne l'avons plus.

Fais-moi une omelette

« On y allait dès qu'on avait besoin. Quand on avait soif, bien sûr, ou faim, et quand on était complètement épuisés. On y allait pour faire la fête quand on était heureux et pour faire la tête quand on était tristes. On y allait après les mariages et les enterrements, pour prendre quelque chose pour nous calmer les nerfs, ou juste avant pour se remonter le moral. On y allait quand on ne savait pas de quoi on avait besoin, en espérant que quelqu'un nous le dirait. On y allait à la recherche d'amour et de sexe, ou même d'ennuis, parfois de quelqu'un qui avait disparu, car tôt ou tard il ou elle y échouerait. On y allait surtout pour être sûrs d'être retrouvés[1]. »

Ce sont les premières lignes d'un récit autobiographique du grand journaliste J. R. Moehringer,

1. J. R. Moehringer, *The Tender Bar : A Memoir*, Hyperion, 2005.

lauréat du prix Pulitzer il y a vingt ans et qui a écrit *Open* avec Andre Agassi. Le livre dont ces mots sont extraits s'intitule *The Tender Bar* et c'était son premier. Les quatre cents pages suivantes racontent de façon passionnante (mais plus longue) ce qu'il dit ici : comment avoir été accueilli par la population interlope d'un bar de province lui a sauvé la vie.

Moi aussi, un bar m'a sauvé la vie. Le mien aussi avait une population douteuse. Ça n'a pas duré longtemps, deux ou trois ans au plus, mais j'étais un gamin et ça m'a semblé une période infinie.

Après que ces personnes et ce bar m'eurent sauvé la vie, je suis parti, car ça ne me suffisait plus, je l'ai déjà dit. On m'y faisait asseoir toujours à la même table, de celles qu'il ne fallait pas réserver, car tout le monde savait qui allait s'y installer.

Les habitués de cette table obéissaient à un schéma que toute personne ayant grandi dans une ville de province connaît par cœur. Dans le bar, il n'y avait pas la table des avocats et des juristes, la table de journalistes, la table de restaurateurs et des médecins, la table des employés du cadastre, car aucun de nous ne vivait dans ces microcosmes où tout le monde fait la même chose, avec les mêmes expériences et la même sensibilité. Dans les petites villes de province, ces microcosmes n'existent pas.

Il y avait un avocat, un enseignant-chercheur à l'université, une luthière, un employé de l'état civil, un expert en littérature japonaise qui avait un commerce de thé, un chômeur, un policier, un militant politique, une architecte, etc. Et d'autres, beaucoup d'autres, dont on ne comprenait pas ce qu'ils faisaient. Dans certains cas, on a fini par le savoir. Et dans certains cas, on aurait préféré ne pas le savoir. Ils étaient tous plus âgés que moi. Ils avaient l'âge que j'ai maintenant.

Pour ceux qui ont eu la chance d'en avoir un, le bar est un lieu qui enseigne la différence, il enseigne la *nécessité* de la différence, car l'alternative est d'être seul.

Les codes du politiquement correct, dont on parle tant aujourd'hui, n'y sont jamais entrés : pas par ignorance (ou pas toujours, disons), mais parce que la possibilité que quelqu'un commette une *gaffe** est en fait un espoir, une occasion de combattre l'ennui.

Chaque apéritif était une olympiade de l'art du récit.

Nul ne demandait jamais à l'autre comment il allait, ça se comprenait à sa façon de raconter les choses : si l'anecdote habituelle était rembourrée de nouvelles plumes, tel un vieux matelas, le plus souvent tout allait bien.

C'est là que je l'ai compris : il n'y a rien de plus intéressant qu'une personne qui parle de son travail, surtout si cette personne sait vraiment raconter. Nul ne s'est jamais donné la peine d'apprendre aux autres à le faire : il y avait un rythme et, si on le saisissait, on pouvait participer au jeu. Si on ne le saisissait pas, on pouvait faire une tentative de temps en temps, et si on n'y arrivait pas, on pouvait simplement écouter et rire. À condition de savoir quand il fallait rire.

C'est là que j'ai commencé à apprendre ce rythme. J'avais du mal : je ne parvenais jamais à rester assis à table avec naturel ; même maintenant, après des années d'entraînement, j'ai toujours besoin d'une scène, d'un rôle codifié, d'une structure sociale ou commerciale qui m'aide à sentir que je suis autorisé à parler. Par exemple, être celui qui pose les coudes sur la table.

C'était le village des Schtroumpfs. Chacun avait un rôle et un caractère, mais nous étions tous pareils. On n'a jamais su qui était Gargamel ni où il se cachait, mais lui aussi était là, quelque part.

L'un de ces Schtroumpfs était cuisinier, le premier à qui j'ai eu affaire. On ne comprenait pas où il travaillait ni quand il travaillait, mais il racontait si bien son histoire que je n'ai jamais songé à mettre en doute ses propos.

Les mots qu'il employait pour décrire sa cuisine m'enchantaient. Il disait que parler de « steak à la *fiorentina* » était un oxymore, car le filet et la surlonge dont il est fait ont deux modes de cuisson différents. Cuire parfaitement les deux côtés autour de l'os était donc impossible et – pour cette raison – terriblement intéressant.

Nous attendions tous qu'il ouvre son propre

restaurant comme on attend Godot. Mon sujet préféré consistait à imaginer en détail à quoi ressemblerait son restaurant idéal : par conséquent, nous fantasmions copieusement sur ce qu'il allait cuisiner, la manière dont il servirait et ce qu'on y boirait. Je n'ai jamais cuisiné avec lui : je n'avais pas l'intention de faire ce métier, je voulais juste l'écouter et jouer à ce jeu-là. Finalement, sachant que j'allais m'installer à Paris, il m'a donné quelques adresses de restaurants à visiter là-bas : l'un d'eux s'appelait Rino, le bistrot-garage de Giovanni Passerini.

Je ne l'ai plus vu pendant dix ans, et aujourd'hui encore je ne pense pas qu'il sache que je le considère comme mon premier maître. Il s'appelle Stefano.

De retour en Italie, entre une étape du voyage et la suivante, j'ai essayé de comprendre ce qu'il restait du village des Schtroumpfs. Au bout de dix ans, je me suis dit qu'ils auraient beaucoup de choses à me dire – sans compter ce que j'avais à leur raconter, moi. Mais entre-temps, ce village s'était un peu dispersé. J'ai cependant réussi à convoquer le narrateur le plus méticuleux du groupe : si les pièces ne pouvaient pas être recollées, je voulais au moins avoir un compte rendu détaillé de la façon dont et du moment où tout s'était brisé.

Reprendre cette histoire s'est révélé difficile : ils me racontaient les nouvelles du jour ou de la semaine, mais j'avais raté les épisodes précédents, et résumer tout ça brièvement était fatigant, presque contre nature. Les grandes nouvelles se perdaient parmi les petites, et les deux ou trois événements exceptionnels étaient souvent oubliés.

C'est ainsi que j'ai découvert, quelques jours après mon retour, que Stefano était sur le point d'ouvrir son premier restaurant. Après en avoir quitté un autre où il n'avait jamais pu faire la cuisine qui l'intéressait vraiment, il avait repris une ancienne *piadineria* dans le centre-ville – la *piadina* est une galette de blé qu'on plie en deux et qu'on garnit, charcuterie, fromage, salade, avant de la faire chauffer –, l'un de ces endroits où deux générations au moins étaient allées se cacher quand elles séchaient les cours.

Selon une vieille coutume des taverniers et des cuisiniers aujourd'hui oubliée, quand on reprend un restaurant, on ne doit jamais en changer le nom. Car les restaurants sont comme les bateaux : changer de nom porte malheur. Mais, tout comme un navire repris par un nouvel armateur, un restaurant doit d'une manière ou d'une autre annoncer la nouveauté à ses clients. Ainsi, dans le cas des bateaux comme dans celui des restaurants, pour bien faire comprendre qu'il y a quelque chose de différent, on gardait l'ancien nom, qu'on plaçait éventuellement après le « nouveau ».

La *piadineria* s'était toujours appelée Bolero, et on disait qu'avec la nouvelle direction tout allait changer, sauf le nom.

Très pris par les préparatifs et par la paperasse, Stefano était insaisissable. Godot semblait sur le point d'arriver et j'étais très excité : je mourais de curiosité, je mourais d'envie de retrouver mon premier maître qui, apparemment, réalisait enfin le rêve dont il m'avait parlé de nombreuses années plus tôt. Qu'était-il devenu entre-temps ? Aimait-il les mêmes vins que moi ? Voudrait-il faire un restaurant sage et prétentieux ou un endroit où on dresserait les assiettes à la louche ? Allions-nous nous entendre ?

J'ai obtenu des réponses positives à toutes ces questions.

Je ne sais pas si j'arriverai à montrer à quel point, pour les gens de notre espèce, imaginer le menu d'un restaurant que l'un de nous est sur le point d'ouvrir est un fantasme magnifique. Et le restaurant de Stefano était sur le point d'ouvrir depuis douze ans.

D'abord, les autres ne peuvent pas comprendre : ils ne sont pas capables d'imaginer ces choses-là en détail comme nous le faisons, nous, pas capables d'imaginer les plats avec des mots. Mais la vraie source de cette beauté est ailleurs : pour le cuisinier ou la cuisinière qui ouvre un nouveau restaurant, les jours qui précèdent l'ouverture sont les derniers moments de liberté. Une fois que les clients se présentent, il ne reste plus de place pour les rêves, bientôt le travail engloutira toute l'équipe pour de bon. Imaginer le menu quelques jours avant est comme un enterrement de vie de garçon.

Quand j'ai réussi à mettre la main sur lui, j'ai compris que Stefano avait imaginé un endroit ouvert, où l'on pouvait entrer ne serait-ce que pour boire un verre de vin et bavarder. « Mais à l'apéritif, pas de mini pizzas, pas de pâtes froides et pas de chips : des boulettes avec la viande et le pain de la veille, peut-être une omelette, puis du saucisson et du pain de mie. C'est tout.

— Mais les *marubini* au bouillon, tu en fais ou pas ? » Je pose la question avec une certaine appréhension, car dans ce système de valeurs que nous seuls comprenons, elle est cruciale.

Le menu des trattorias avec lesquelles nous avons grandi ici, jamais écrit mais toujours récité à voix haute tel le rosaire, commençait toujours par ce plat : les *marubini*, les raviolis typiques de Crémone.

Au début du XVe siècle, Cabrino Fondulo était le seigneur de Crémone. Pour toute une série de raisons, il décida en 1414 d'inviter dans sa ville les deux hommes les plus puissants de son époque, le pape Grégoire XII et l'empereur Sigismond : après une courte visite guidée, son plan était de les conduire au sommet du clocher de la cathédrale, notoirement haut à Crémone. Une fois sur place, après leur avoir montré la vue imprenable sur la ville, Fondulo voulait les pousser tous les deux dans le vide, résolvant d'un seul coup plusieurs questions politiques épineuses.

Le pape et l'empereur acceptèrent l'invitation. Mais d'abord, il fallait manger.

Pour l'occasion, les meilleurs cuisiniers de la région avaient été convoqués et on leur avait demandé d'inventer quelque chose de nouveau, d'extraordinaire et d'inoubliable. Ils firent donc des raviolis, à servir dans leur bouillon, et, pour impressionner leurs visiteurs, ils y mirent pratiquement toute la viande qu'ils avaient sous la main : bœuf, chapon et porc, voire *cotechino* ou saucisson – on ne sait pas avec certitude. Ils firent bouillir ces trois viandes ensemble, puis les hachèrent et farcirent les raviolis. Ils mirent les raviolis à cuire dans le même bouillon et les servirent nageant encore dedans.

Cabrino Fondulo est donc assis à table et observe attentivement ses deux invités, il se frotte les mains en attendant le moment où il les jettera du haut de la tour. Les raviolis arrivent et ses hôtes les trouvent délicieux, ils multiplient les compliments, car à Mantoue et à Modène on n'en trouve pas d'aussi bons. Fondulo est ému, il les goûte à son tour pour la première fois. Selon la légende, il s'exclame en dialecte crémonais quelque chose comme : « *Ah, ma chèsti chi, 'i è i ma rubèèn* », c'est-à-dire : « Par Dieu, mais ce sont mes rubis. » Bref, il finit par oublier d'expédier ses invités dans le vide.

Dès lors et jusqu'à aujourd'hui, il a toujours été clair que les *marubini* devaient avoir la forme d'un rubis : le problème est que personne ne s'accorde sur la forme qu'a un rubis et, par conséquent, il existe trois versions différentes de cette forme, mais pas du contenu.

On comprend donc pourquoi ma question était si délicate : choisir d'en faire signifie s'inscrire dans une tradition locale forte, qui s'est néanmoins essoufflée ces dernières années. Choisir de ne pas en faire, c'est rejeter ce monde ancien.

« Et alors ? *Marubini* ou pas ?

— En fait, tu sais ce que j'aimerais faire ? Les *straciamüs*, répond-il enfin.

— Les quoi ? je demande.

— Tu ne sais pas ce que sont les *straciamüs* ? Quand on fait des *marubini* et qu'on les coupe avec cet ustensile rond, il reste bien sûr de la pâte : il y a quelque temps encore, les gens qui n'avaient pas assez d'argent pour une vraie assiette de raviolis avaient droit à une tasse de bouillon avec ces restes de pâte tordus. On les appelait *stracciamuso*, car ils sont très difficiles à manger et sont tous différents… Et donc, on se salit en les mangeant.

J'aimerais faire ceux-là, pas les raviolis proprement dits, a poursuivi Stefano. On faisait aussi des pâtes aux haricots, tu sais, avec des doliques à l'œil noir… »

Considérant le succès comme acquis, nous estimions déjà qu'il devrait bientôt embaucher de nouveaux collaborateurs. Nous avons donc commencé à imaginer quelles devraient être les qualités des cuisiniers les plus adaptés à cet ambitieux projet.

« Comment évaluerais-tu quelqu'un qui souhaite travailler avec toi ? Que lui ferais-tu faire pendant son jour d'essai ? je demande.

— La chose la plus difficile de toutes. Je lui demanderais de me montrer comment on fait une omelette. »

Effectivement, ç'a été un succès dès le début.

Malheureusement, j'ai raté l'inauguration et je n'ai pu voir le nouveau Bolero que quelques semaines plus tard.

Ce jour-là, je suis arrivé tôt, à l'apéritif, car avant de manger je voulais en profiter pour discuter avec lui et avec toute l'équipe, et bien regarder autour de moi.

Stefano était naturellement très fatigué, mais la soirée promettait d'être tranquille : c'était un lundi, il y avait peu de réservations. Je prends un menu et je m'assieds avec ma bière. Stefano m'apporte une petite assiette de charcuteries locales dont il est très fier et m'explique ce que c'est. Le saucisson au milieu de l'assiette est justement celui de Carlo Fiorani, que j'ai goûté il y a quelques mois, au début de mon voyage. Il est doux, parfumé et coupé très épais, comme le veut l'antique règle du saucisson de Crémone. *La fèta la g'ha de stàà' mpèè* : la tranche doit tenir debout.

Stefano s'en va, car il a des choses à faire, mais il dit qu'il reviendra. Je regarde le menu, j'étudie ses équilibres. Ce menu me plaît beaucoup, mais quelque chose me trouble. Je me rends compte qu'au moment de nos premières discussions, nous parlions de mousse de réglisse et de cuisine moléculaire. Dans ce coin de province d'où j'avais hâte de m'échapper, il y a des années, Stefano me parlait d'une cuisine qui était peut-être inaccessible pour nous, mais c'était un idéal que, rien qu'en parlant, nous avions l'impression de toucher du doigt : c'était l'avenir.

Aujourd'hui, j'ai l'âge que Stefano avait quand je suis parti et nous parlons toujours la même langue, nous aimons toujours les mêmes choses. Mais ce qui nous plaît a changé : dans son menu et dans tous mes menus idéaux, on trouve de la langue de veau bouillie, des rognons, des vieux *provoloni* et de la nostalgie. Je n'y peux rien : ce sont les choses que j'ai envie de manger, de cuisiner et d'offrir aux autres. En même temps, cette cuisine que j'ai tellement envie de faire et de raconter est pleine de passé. Avec la meilleure volonté du monde, je ne peux pas regretter la mousse de réglisse : je me demande cependant ce qu'il nous restera à imaginer quand nous aurons appris tout ce qu'il y a à apprendre de ces rognons et de ces *provoloni*.

Stefano revient et je m'apprête à lui poser cette question. Mais il ne s'assied pas, il est plutôt agité. Car entre-temps le carnet de réservation s'est rempli et beaucoup de gens arrivent, même si on est lundi.

« Désolé, Tommi, je dois y aller. Ce soir, je suis seul, j'ai donné sa soirée à Leo. Je ne m'y attendais pas.

— Une seconde, attends... » Je vois qu'il me déteste.

« Écoute, vraiment... Je suis en retard pour *tout*.

— Tu as un tablier propre ? » Il me regarde méchamment. « Je ne sais pas... Je pense que oui. Pourquoi ?

— On voit si je sais faire une omelette ? »

REMERCIEMENTS

En vivant et en racontant cette aventure, j'ai rencontré un nombre déraisonnable de personnes merveilleuses, qui ont rendu mon voyage plus intéressant et plus intense de bien des façons. Je dois quelque chose à chacune de celles mentionnées dans ces pages. Des remerciements particuliers vont à Giovanni Passerini ; Fausto, Franco et Federico Malinverno ; Sarah Cicolini, Diego Rossi, Juri Chiotti, Pietro Vergano, Nadia Verrua, Paolo Lopriore et Stefano Uggeri.

Claire Sabatié-Garat et Marco Vigevani, qui ont cru à cette histoire depuis le début avec un enthousiasme que je n'aurais jamais imaginé possible. Raphaëlle Liebaert et Léa Marty, qui ont choisi de rendre cette histoire une fois de plus transalpine ; Vincent Raynaud qui l'a traduite dans un français lumineux, Olivier de Solminihac qui l'a « dressée », et Julia Bourdet pour l'illustration de couverture.

À Gigi, Fabrizio et Miguel, les gars du bar.

À ma famille, pour avoir accueilli un fils qu'elle n'avait plus l'habitude d'avoir à la maison, et en particulier à mon frère Marco, qui m'a aidé à raconter comme il faut la Ligue des Champignons. Je remercie tout particulièrement celui qui a entrevu cette histoire avant moi et qui a décidé de prendre toutes les mesures nécessaires pour qu'elle voie le jour, Vincenzo Latronico.

DU MÊME AUTEUR

Aux Éditions Stock

L'ÉCUME DES PÂTES. À LA RECHERCHE DE LA VRAIE CUISINE ITALIENNE, 2021 (Folio n° 7064).

Aux Éditions Nouriturfu

SPAGHETTI WARS. JOURNAL DU FRONT DES IDENTITÉS CULINAIRES, 2018.

Tous les papiers utilisés pour les ouvrages des collections Folio sont certifiés et proviennent de forêts gérées durablement.

Composition Nord Compo
Impression Novoprint
à Barcelone, le 04 mars 2022
Dépôt légal : mars 2022

ISBN 978-2-07-294851-0 / Imprimé en Espagne

396006